①生家（34, 35 ページ参照）
②ジックストハウス。1888 年，89 年の一家の住居（35 ページ）
③ミヌタ館。1889 年から 1896 年にかけての一家の住居（36-38 ページ）
④フライシュマルクトの小学校（76, 77 ページ）
⑤三王館。1886 年から 1907 年にかけての一家の住居。1906 年までは父の店もここにあった（39-41 ページ）
⑥ツェルトナー小路 12 番地。1906 年から 1912 年までの父の店（44, 45 ページ）
⑦キンスキー宮殿。カフカの通ったギムナジウム，および 1912 年以降の父の店（44, 45 および 77, 78 ページ）
⑧カロリーヌム。1901 年から 1906 年までカフカが通った大学（79, 80 ページ）
⑨地方民事裁判所。1906 年，07 年の職場（82 ページ）
⑩地方刑事裁判所。1907 年の職場（82 ページ）
⑪ツム・シッフ館。1907 年から 1913 年にかけての一家の住居（46-48 ページ）
⑫一般保険会社。1907 年，08 年の職場（83 ページ）
⑬商業専門学校。1908 年に通学（84 ページ）
⑭労働者災害保険局。1908 年から年金生活に入る 1922 年までのカフカの職場（85-87 ページ）
⑮市民スイミングスクール（48, 49 ページ）
⑯カバレット「ルチェルナ」（124 ページ）
⑰カフェ「サヴォイ」のイディッシュ劇団（115-117 ページ）
⑱ユダヤ評議会（116 ページ）
⑲マックス・ブロートの住居（50, 51 ページ）
⑳シュテファン大公ホテル。『判決』の朗読が行われた（118, 119 ページ）
㉑オッペルトハウス。1913 年以降の一家の住居。カフカはここに 1914 年まで住み，その後 1918 年に再び戻ってきた（52, 53 および 70, 71 ページ）
㉒ビーレク小路。初めての自分の部屋，1914 年（54, 55 ページ）
㉓金のカワカマス館。1915 年から 1917 年にかけての住居（61-63 ページ）
㉔錬金術師小路。1916 年，17 年の仕事部屋（64, 65 ページ）
㉕シェーンボルン宮殿。1917 年のカフカの住居（68, 69 ページ）

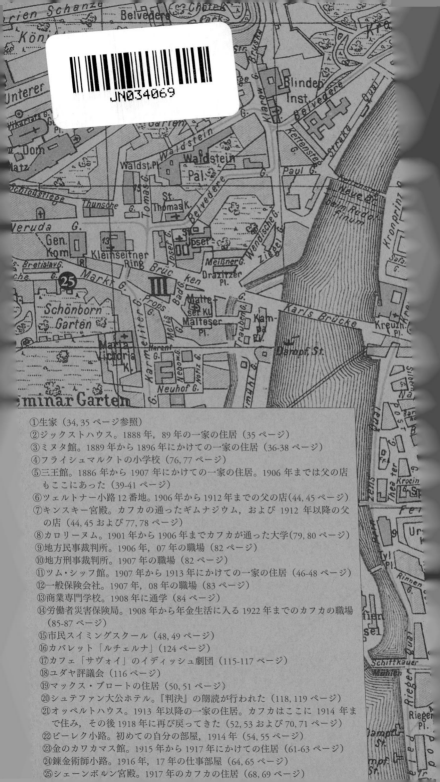

カフカのプラハ

クラウス・ヴァーゲンバッハ

カフカのプラハ

【改訳決定版】

須藤正美＝訳

水声社

旧市街小広場から旧市街大広場を望む，1896年。左手にミヌタ館，中央に天文時計のある旧市街市庁舎の塔が見える。右奥はタイン協会

もくじ

凡例

丸囲み数字（例、①）はすべて、表見返しの市街図（ドイツ語）および裏見返しの市街図（チェコ語）の中の数字に対応している。

角囲みのアルファベット（例、Ａ）はすべて、それぞれの章に収録されている地図中のアルファベットに対応している。

地名はゴシック体で示し、書名・雑誌名などは『　』で括り、カフカからの引用は《　》、それ以外の引用は〈　〉で括ってある。

カフカ作品からの比較的長い引用の部分は、細ゴシック体で組まれている。

クラインザイテ橋塔のあるカール橋，1910 年頃

まえがき

フランツ・カフカは、その冷たく語彙に乏しい、それでいてクライストを思わせる優れた散文で知られ、聴衆を前にして講演する猿（『あるアカデミーへの報告』）や、虫に変身したザムザ（『変身』）、そして土地測量士（『城』）や流刑地（『流刑地にて』）など、一連の特異な文学的形象によって、またその権力に精通したエキスパートぶりによって、今世紀の後半以降、世界のほぼすべての文学に強烈な影響を与え続けている作家である。カフカはその短い生涯（一八八三―一九二四年）において、故郷であるプラハをほとんど離れることがなかった。例外は、何回かの出張と見聞を広めるための私的な旅行、たび重なったサナトリウム滞在、そして半年間のベルリン生活とボヘミアでの数カ月の田舎暮らし、それがすべてだった。

　すでに十九歳でカフカはこう書いている。《プラハは放してくれない。この小母さんには鉤爪がついている》。公務員としての

勤務も四年が過ぎ、最初の長編小説に取りかかろうとしていた一九一二年、カフカ二十九歳のときはこうである。《僕はプラハで何という生活を送っていることか。人々を求める願望、それは僕の中にあって、満たされるやいなや不安へと反転してしまうのだが、この願望が休暇の間にいよいよ明らかになってきた……》。その二年後の日記にはこう記す。《プラハを出てゆくこと。かつて僕が経験したものの中でもっとも苛酷な人間的損失に対して、僕の持つもっとも強力な対抗手段で立ち向かうこと》。一九一七年の記述には諦念が見られる。《プラハ、人間たちと同様に諸宗教も失われてゆく》。

　カフカはどんな家（そのほとんどすべてが現存する）に住んだのか、そして彼が《僕は公園や路地を歩き回るのが好きだ》と書くとき、それはどういうことだったのか。要するにカフカは何を「目の当たり」にしていたのか。それを知りたいと思うなら、プラハに行く他はないだろう。実際に旅立つのであれ、想像裡に遊ぶのであれ。プラハへの旅の読本でありツアーガイドでもある本書は、そのいずれの場合についても有能な伴侶となるべく構想されている。また家屋や街並みは可能な限り当時の写真を用いて再現した。

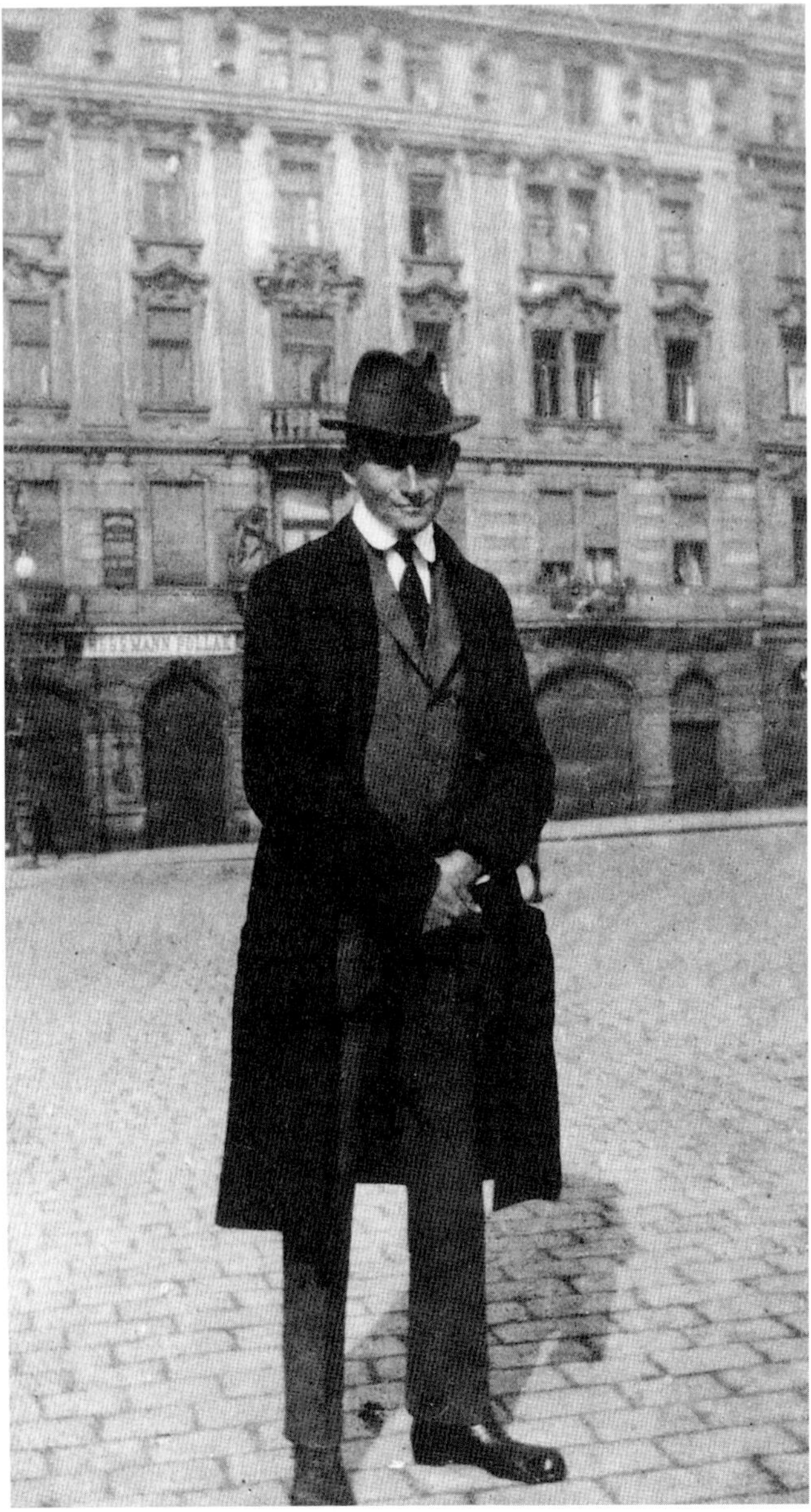

オッペルトハウスの前で，1920 年～ 21 年頃

カフカのプラハ

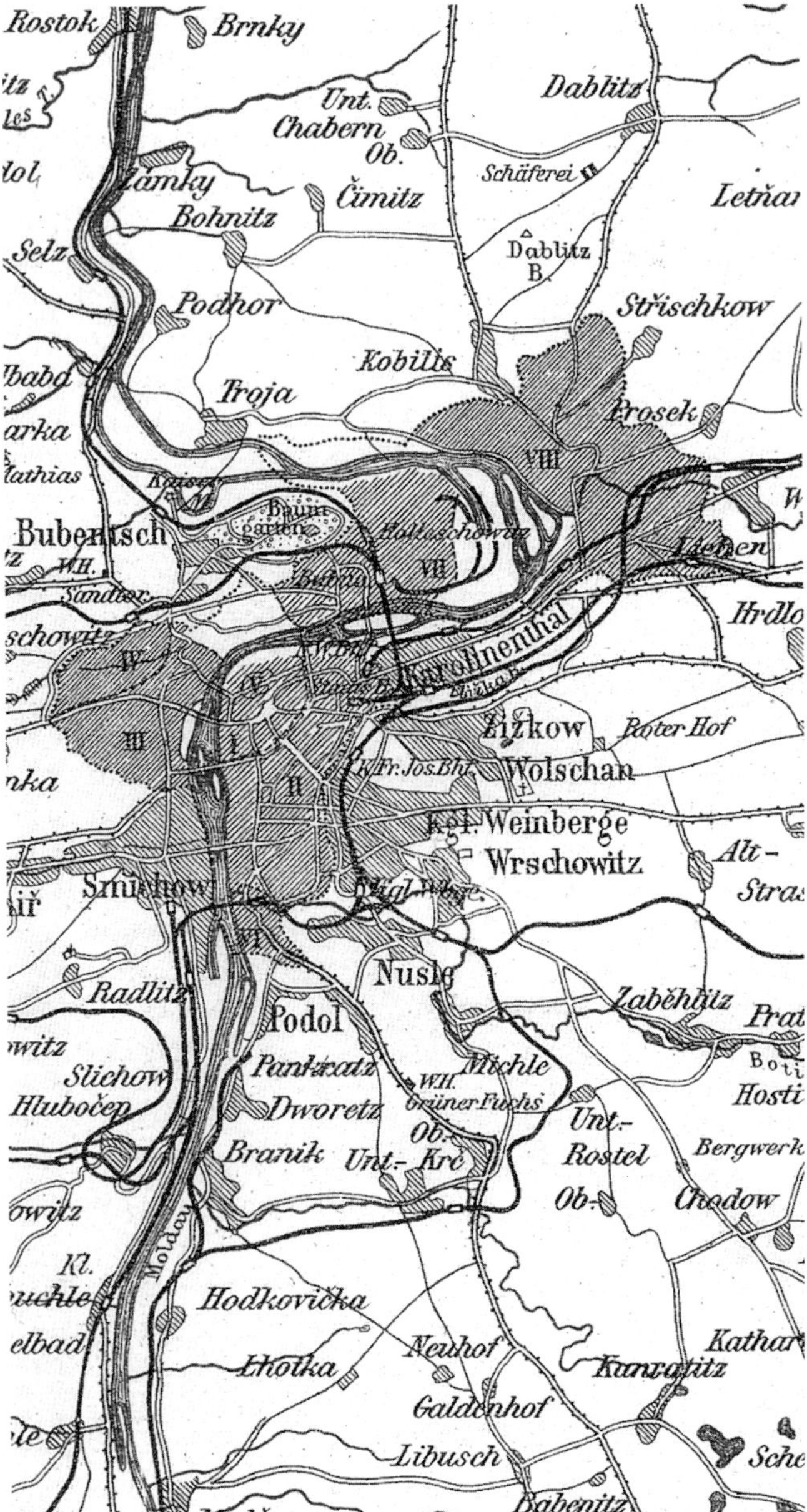
Rostok
Brnky
Unt.
Chabern
Ob.
Dablitz
Schäferei
Zámky
Bohnitz
Čimitz
Letňa
Selz
Dablitz
B.
Podhor
Střischkow
Kobilis
Troja
Prosek
arka
VIII
Bubentsch
Baum
garten
Holleschowitz
VII
Lieben
W.H.
Hrdlo
Karolinenthal
IV
V
III
I
Žižkow
Roter Hof
K.Fr.Jos.Bhf.
Wolschan
II
Kgl. Weinberge
Wrschowitz
Alt-
Stras
Smichow
VI
Nusle
Radlitz
Záběhlitz
Podol
Prat
Bo
Pankratz
W.H.
Michle
Slichow
Grüner Fuchs
Hosti
Hluboček
Dworetz
Unt.-
Ob.-
Branik
Unt.- Krč
Rostel
Bergwerk
Ob.-
Chodow
Moldau
Kl.
Hodkovička
Neuhof
Kathar
Lhotka
Kunratitz
Galdenhof
Libusch
Sche
Babenitz
Modřan

〈ボヘミア王国の首都〉プラハは、カフカの頃（以下の記述はすべて一九一〇年前後についてのものである）、フランツ・ヨーゼフ皇帝を君主とするオーストリア・ハンガリー二重帝国の中で——ウィーン、ブダペストに次いで——第三の都市であった。プラハには八つの市区に計二十三万の住民が住んでいた。まずはモルダウ河右岸の旧市街《アルトシュタット》（プラハ一区）。そしてそれに取り巻かれる形で、かつてのゲットー地区であるヨーゼフシュタット（プラハ五区）。この地区の中世の街並みは一八九五年から一九〇五年にかけて〈衛生化〉され、〈近代的な高級賃貸アパート群〉に建て替えられた。旧市街に隣接して新市街《ノイシュタット》（プラハ二区）があり、モルダウの対岸にはクラインザイテ（プラハ三区）、そして城の聳えるフラチーン（プラハ四区）が広がる。これに先だって一九〇〇年前後にヴィシェフラート、ホレショヴィッツ・ブープナ、リーベンの各地区がプラハ市に編入されていた。

もちろん当時すでにプラハはこれら八つの区に収まりきらず、

絶えず外に向かって膨張しつつあり、郊外も含めると六十万以上の人口を擁していた。さらにチェコ人の大量流入によって、かつてドイツ系住民が主流であったプラハは、純粋にチェコ系住民の街と言っても過言ではない状態になっていた。ドイツ語人口はわずか三万二千人で、この少数派のうちの半数以上がユダヤ人であった。すなわち〈ドイツ系〉のプラハはユダヤ系のプラハでもあったのである。ドイツ系住民は旧市街（人口三万六千人）とヨーゼフシュタット（人口四千人）に集中しており、その結果、プラハの中心部ではなおもドイツ語が話され、周辺の大部分の地区ではもっぱらチェコ語が話されるという状況が現出していた。この〈最も近いドイツ語圏から約五〇キロも離れた〉言語の孤島で話されていた〈プラハ・ドイツ語〉は、方言をもたず、語彙の乏しい書き言葉のドイツ語であった。カフカはこの〈母語〉を使って書き、ほぼその全生涯にわたってプラハの最も奥まった地域に住み、そして活動したのである。

作家のエゴン・エルヴィン・キッシュはプラハのドイツ系住民についてこう書いている。〈それはほとんど例外なく大ブルジョアだった。褐炭坑の所有者、鉱山業を営む企業やシュコダ兵器工場の重役たち、ホップの産地ザーツと北アメリカを行き来する商社の経営者、製糖工場や織物工場、製紙工場の社主や銀行の頭取といった面々で、彼らの社会に出入りするのは大学教授や高級将校、官吏たちであった。ドイツ人のプロレタリアはほとんど存在しなかった。プラハの総人口の五パーセントにすぎないドイツ人が、二つの豪華な劇場と巨大なコンサート会場、二つの大学、五つのギムナジウム、四つの実科高等学校、朝夕刊を出す二つの日刊紙、いくつかの大きな団体ビルを所有して、活気ある社交生活を享受していた〉。

　二つの〈豪華な劇場〉とは、一七八一年に建てられ、後にドイツ劇場と呼ばれるようになった劇場と、一八八八年に開場した新ドイツ劇場（一一五ページ参照）のことで、両劇場の座席数は合わせて三千四百にものぼった。〈巨大なコンサート会場〉は一八八二年完成のルドルフィーヌム（一一八ページ）を指し、〈二つの大学〉とはカール大学と工科大学のことである。両大学は一八八二年にそれぞれドイツ語部門とチェコ語部門に分割され、合わせて四つの教育機関で学ぶ学生数は一万二千人、そのうち二つのドイツ語部門の学生はわずか二千人に過ぎなかった。〈二つの日刊紙〉とは、ブルジョア保守主義的な『ボヘミア紙』とリベラルな『プラハ日報』のことである。〈大きな団体ビル〉はドイツ館などの施設を指す。これはレストランやホール、クラブ室などの複合施設で、合計二三二（！）ものドイツ系団体によって利用されていた。

　もちろんこうした文化生活によっても、不安定な政治状況が覆い隠されるということはなかった。民族主義に凝り固まったドイツ・ボヘミア地方の田舎出身の学生たちはリベラルなブルジョア階級を糾弾し、労働者たちは搾取する側である資本家たちに、そしてチェコ人はドイツ系住民による経済および政治支配に、それぞれ反旗を翻した。チェコ人による民族解放運動のまごうかたなきシンボルとなったのが、一八九一年にバウムガルテン公園で開催された「ボヘミア万博」であった。このときラウレンツィ山に（パリのエッフェル塔を模した）展望タワーと二基のロープウェイが設置された。またこの年を最後に、ドイツ語とチェコ語の二言語による道路標識が姿を消した。一八九一年には民族主義的な「十二月暴動」が起き、それまで第三者の立場にあったユダヤ人にも危険が及ぶようになった。彼らはテオドール・ヘルツルの言うように、「その後は民族主義の争乱の中を盲目の通行人のようにしてどうにかやり過ご」そうと画策することになる。

ホテク通り（ホトコヴァ）から見たフラチャヌィ城

世紀転換期から第一次世界大戦までの時期、プラハはウィーンから発せられる緊急令によってかろうじて支配されていたに過ぎず、この支配も普通選挙を求める激しい闘争によって再三中断を余儀なくされた（男性の普通選挙権は一九〇七年に導入された）。一九一八年十月には、プラハを首都とするチェコスロヴァキア共和国が誕生する。

カフカが身をもって体験したプラハは深く分裂した都市であった。貴族、軍人、実業家からなる（ドイツ系の）上流階級が、反動的とは言えないまでも保守的であったのに対し、一方（チェコ系の）下層階級の方は、民族主義的とは言えないまでも国家民主主義的ではあった。そしてこれら両者に挟まれて、途方に暮れるようにして、少数派であるリベラルな中流階級（そこにはドイツ系、ユダヤ系、さらにわずかではあったがチェコ系も含まれた）が存在した。

こうした階級間の相違、それは階級の非同時性と言ってもいいのだが、それは手で摑みうるほど明らかなものであった。制服姿の御者に操られて軽快に疾駆する貴族用四輪馬車の傍らを、数はまだ少なかったにしろ、すでにライヒェンベルク（現リベレツ市）で製造された自動車が走っていた。参加者二十万人の最初の大規模なデモが社会主義者たちによって組織され、その行進を先の一八六六年の普墺戦争（プロイセン・オーストリア戦争）の際に授与された勲章を佩用したオーストリア・ハンガリー二重帝国の年金受給者が見物していた。電話の導入（一八九五年。当時市内通話料は二十ヘラーだった）からすでにだいぶ経った時期に、なおも（一九一八年まで）人々は昔のしきたりどおり、モルダウ河に架かる橋の通行料として二ヘラーを払っていた（カール橋は例外）。最新式の発電所（一九〇〇年）の前を、一九二〇年頃までサーベルを腰に帯びて羽根飾りつきの山高帽をかぶった騎馬警官が通りすぎた。一八九七年には最初の路面電車が走り（乗車料は十四〜二十ヘラー）、その線路網は一九一二年には合計百キロメートルを超えた。その頃カフカは三十歳になっていたが、《電車から跳び降りる楽しみ》をひそかに味わった。また彼は友人マックス・ブロートと連絡を取るときには、当時導入されたばかりであった「気送管郵便」（空気圧を利用したチューブ・ポスト。都心部での配達はかなり速かった）を好んで利用した。その料金は四十五ヘラー、ほぼ半クローネであった。

保険局に勤める〈事務職員〉にとって、これは安い金額ではなかった。十一クローネの日給（月給にして三百三十クローネ）でやりくりしなくてはならず、しかも劇場に行きたいと思うときもあっ

プラハ行幸中のフランツ・ヨーゼフ皇帝，1907 年

トロリーバス，1907 年

普通選挙権を要求するデモ行進

カイザー・フランツ橋の料金所

ただろう（一階正面席が五クローネ）し、外で〈夕食を食べ（ナハトマーレン）〉たい夜もあったろう（定食で三クローネ）。ときにはラウレンツィ山の山頂までロープウェイに乗って行って（往復で二十四ヘラー）、展望タワーに登り（一クローネ）、一杯のコーヒー（二十五ヘラー）を飲みたいときもあっただろう。忘れてはならないのが〈シュペルゼクサー〉と呼ばれた二十ヘラーである。これは夜の十時以降に帰宅して、アパートの玄関ドアを管理人に開けてもらう羽目になったとき、彼に払う金のことである。したがって、小さなアパートを借りて（一カ月の家賃は約五十クローネ。大きめのアパートでは百クローネもした）やっていけるのか、それとももうしばらく（三十二歳まで）両親と一緒に暮らすべきかという問題は切実だった。彼が好きだった本についても忘れてはなるまい。ちなみにカフカの最初の本『観察』は仮綴じで五クローネ三十ヘラー、背革装が七クロ

ーネ六十ヘラーだった。また安価な仮綴じのデア・ユングステ・ターク双書から出た『変身』は一クローネ九十ヘラーであった。

フランツ・カフカ「都市の紋章」

バベルの塔の建設では当初、すべては順調な進捗ぶりであった。いやそれはもしかすると度を越していたかもしれない。道路標識や通訳、作業員宿舎、連絡通路などといったことをあまりに重視しすぎてしまって、まるで数世紀にわたって作業の可能性を残しておこうとしたかのようだ。当時の支配的な考えは、工事はいくらゆっくりやってもゆっくりしすぎることはないというものだった。この考えもあまり極端にすすめるのは困りもので、人々は基礎工事に着手する段になっても尻込みしかねない状態だった。そのとき議論されたのは、この事業全体の本質は天まで届く塔を建立するという考えの中にあるということである。この考えに比べれば他のすべては副次的であって、いったんこの考えの全容が把

握されたなら、それが立ち消えになるなどということは決してありえない。人間が地上にある限り、塔の建造を求める熱烈な願望も存在するだろう。この点では未来を思い煩うことはない。その逆で人智はますます増大してゆく。建築術は進歩を遂げたし、今後も進歩し続けるであろう。我々が一年かかって完成する仕事は、百年後には半年で、しかもより巧緻な、より堅牢なものができるだろう。だとすれば今、全力を振り絞って事に当たらねばならない理由があるだろうか。一つの世代で塔が完成するというのなら、全力を傾ける意味もあるだろう。だがそんなことは望むべくもないのだ。むしろ、より豊かな知識をもつ次の世代は、前の世代の業績を劣悪なものと見なし、途中までできあがっていたものをわざわざ毀して新たに造り始める、などということすら考えられる。そう考えると力も萎えてしまって、人々は塔の建造よりも労働者居住地区の建設に精を出す始末だ。どの国から来たグループも一番きれいな宿営地を欲しがり、その結果、諍いが起こり、流血沙汰に到ることもあった。そうした衝突は収まる気配を見せず、指導者たちはそれを格好の口実にして、塔の建造に必要な精神集中が欠けていることからしても工事は急ぐべきではない、とか、い

なむしろ全面的な和解が成立するまでは作業を凍結すべきである、などと主張した。ところで人々はたえず騒動に明け暮れていたわけではない。休戦のときには街の美化が推進された。しかしこれがまた新たな妬みと新たな諍いの種となるのだった。このようにして第一世代の持ち時間がすぎ、次の世代についても同様であった。その間も技術はたえず進歩し、人々の好戦欲もまた高まっていった。第二、第三の世代は天まで届く塔の建造が無意味であることをすでに認識してはいたが、その頃には互いにあまりにもしがらみが強くなっていたので、街を捨てることができなかった。この街で生まれた伝説にしろ、歌謡にしろ、予言されたある一日への憧れに満たされていないものはない。その日に街は巨人の握り拳によって立て続けに五発叩き込まれ、完膚無きまでに破壊されるという。この街の紋章に拳が描かれているのはそのためである。

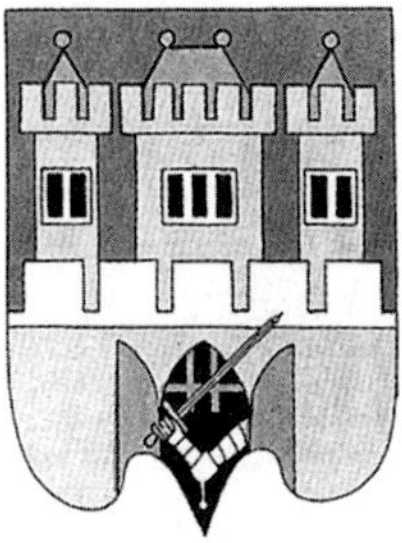

カフカの生涯

5 歳の頃

フランツ・カフカは商人ヘルマン・カフカとその妻ユーリエの長子として、一八八三年七月三日、プラハに生を享けた。生家は旧市街とヨーゼフシュタットの境界、当時なおも建築的な統一体をなして残存していたゲットー地区の周縁部に当たる。カルプフェン小路（カプローヴァ）とマイゼル小路（マイゼローヴァ）のぶつかる旧番地（「徴用番号」）二七／Iの家で、ここも後に再開発され、今は門だけが残る。

肉屋の息子であった父親は、数年前に南ボヘミアの田舎のユダヤ人集落から一介の行商人としてプラハに出てきて、富裕な醸造業者の娘であるユーリエ・レーヴィと結婚、その後は次第に事業を拡大してゆき、（ステッキ、傘、より糸、ファション小物、小間物などを扱う）〈装身具販売業者〉として財をなした。結婚後の数年、一家は社会的、経済的な成功を重ねながら頻繁に転居を繰り返す。

一八八九年から一八九六年にかけてカフカ家は比較的長い間、

同じ住居（ミヌタ館）に住み、そこでカフカの妹たちが生まれた。子供は当時の上昇志向の強いブルジョア階級の例に漏れず、家庭教師（グヴェルナーント）、女中、料理女たちによって育てられた。両親は終日店に出ていて、店では父親は口やかましいボスとして君臨していた。カフカ家の夕食は遅く、食後には家族でトランプをするのが恒例になっていた。

一八九三年から一九〇一年までカフカは、授業がドイツ語で行われていたプラハ旧市街の帝立兼王立ギムナジウムに通う。ここは人文系のギムナジウムで、美術も音楽も近代語も教えていなかった（カフカはフランス語を独学で学び、後に英語とイタリア語も少しかじっている）。彼は平均的な成績（数学だけはいつも悲惨だった）の、控えめなおとなしい生徒と見られていた。

一八九六年、一家はミヌタ館とギムナジウムから歩いて数分の三王館に転居した。後に父親の装身具店もこの建物に入ることになる。

アビトゥーア（卒業資格）取得（一九〇一年）後、カフカははじめゲルマニスティーク（独語独文学）を志したが、結局法学専攻に改めた。法学は医学と並んで、ユダヤ人が最も容易に職を見つけることのできる専攻であった。息子が商人にならないことを父ヘルマンは渋々ながら認めたようだ。カフカは『父への手紙』にこう書いている。父であるあなたは《ご自分の基準であるユダヤ中流階級の息子の遇し方、もしくは少なくともこの階級の価値判断》に従ったのだと。

いずれにしても息子にとっては、できるだけ（当時すでに彼の《最も大きな憧れ》であった）執筆の邪魔にならない生計手段を選ぶという、気の進まないやっかいな選択に過ぎなかった。彼はドイツ系の帝立兼王立プラハ・カール・フェルディナント大学の法学部を八学期の最短履修期間で卒業した。《神経を大いにすり減らし、しかも無数の口によってすでに噛まれていた大鋸屑《おがくず》でみずからを養って》。

カフカは大学時代に〈ドイツ学生朗読講演会〉のメンバーだった。終生の友となるマックス・ブロートともそこで知り合ったのである。この頃に、現存する最初期の散文『ある戦いの手記』が成立した。

学位取得後、法で定められた一年間の司法修習期間を終えたカフカは、伯父の口利きでまずアシクラツィオーニ・ジェネラーリ

（一般保険会社）のプラハ支店に就職した。しかし一年たらずでそこを辞め、プラハのボヘミア王立労働者災害保険局に再就職する。そして年金生活に入る時まで、その立派なオフィスビルで日々の職責を果たすことになる。

労働時間はアシクラツィオーニ・ジェネラーリよりもここのほうがはるかに短かった。前者では一日十一時間ないし十二時間だったのに対し、こちらは六時間半ほどだった。土曜日も休みだったので、長期休暇が二週間しかなかったものの、カフカの年間労働時間は今のサラリーマンよりもいくらか多いだけだった。午後や晩は長い散歩に当てられた。《街じゅうをくまなく歩き回り、フラチャヌィを経由し、ドームをまわり、それからベルヴェデーレを通って……》という具合だった。あるときは社会民主党やレアリスト（後のチェコスロヴァキア共和国の父であるマサリクの党）、アナーキストらの政治集会に参加した。またあるときはカフェ・ルーヴルで開かれたフランツ・ブレンターノの哲学に関する討論会に参加したり、薬局店主の奥方であるベルタ・ファンタ夫人主宰の開放的なサロンで行われた講演の夕べに顔を出した。このサロンでは量子理論や精神分析、相対性理論といった最新のテーマが取り

父ヘルマン・カフカ（1852 ～ 1931）

母ユーリエ・カフカ，旧姓レーヴィ（1855 ～ 1934）

アビトゥーア（ギムナジウム卒業資格）用の写真，1901 年

学士号取得用の写真，1906 年

上げられていたのである。

この頃カフカが足繁く通ったのは、ツィーゲン広場のカフェ・サヴォイで演じられた〈田舎芝居〉だった。これはポーランドから来た、イディッシュ劇を上演するジャルゴン劇団であった。カフカにとっては、活気ある（東方）ユダヤ精神との初めての邂逅であり、その影響は彼の後期作品にまで及んでいる。

一九一一年に父は最後の試みに出る。商人になるつもりがないたった一人の息子を少なくとも実業界に触れさせてみようとしたのである。娘婿の経営する工場への出資に参加させることによって、カフカにも工場運営に責任を持たせようとしたのだ。これは結果的に彼の心に激しい葛藤をもたらし、二度も自殺を考えるところまで彼を追い込むことになる。《僕はずいぶん長いこと窓辺に立っていた。むしろ河に飛び込んで橋の料金係を仰天させるほうがいいのではないかという考えが何度も浮かんだ》。一家は当時（一九一二年十月）、ニクラス通りの端、ヨーゼフシュタットの新築〈高級アパート〉に暮らしていて、そこから（同じく完成したばかりの）チェフ橋とその料金係の姿が見えたのである。

その少し前には、最初の偉大な〈物語〉である『判決』が一晩で産み落とされた。また、カフカがマックス・ブロートの家で《ベルリン女性》、すなわち後に婚約者となるフェリーツェ・バウアー嬢を識ったのも同じ頃のことだった。『判決』は彼女に捧げられている。同年に『変身』と『失踪者』の大部分が成立、さらにこの実り多き年の年末には最初の単行本『観察』が刊行された。

この頃の一日のスケジュールについてカフカは婚約者に宛てた手紙の中でこう書いている。

八時から二時、または二時二十分までオフィス、三時か三時半まで昼食、そのあと七時半までベッドで眠り（たいていは眠ろうとするだけですが。ここ一週間そういう眠りの中で見たのはモンテネグロ人の姿だけでした。頭痛のせいで彼らの複雑な服のあらゆるディテールがいやになるほど鮮明に見えたのです）、それから十分間、窓を開け放って裸で体操、そして一人で、またはマックスと二人で、あるいはさらにもう一人の友人と連れだって、一時間の散歩。それから家で家族と夕食。執筆のために机に向かうのは、そのあとですから十時半になります。そして力と意欲と幸運次第で一時、二時、三時まで粘り、時には朝の六時になることもありました。

（フェリーツェ宛、一九一二年十一月一日）

フェリーツェへの手紙攻勢が激しくなるにつれ（文通開始からの十一カ月で三百通を超えた）、小説の執筆は滞り、それがカフカに《生活》（つまりフェリーツェとの結婚生活）を取るか、《執筆》を取るかの二者択一を迫ることになる。その後一九一四年に婚約に到るも、この最初の婚約は四週間後には早くも破棄されてしまう。カフカは《執筆》を取ったのだ。

戦争（第一次世界大戦）が始まってからの数カ月で彼は『審判（訴訟）』に着手し、『流刑地にて』を書き上げる（一九一九年にようやく出版された）。執筆には初めは妹たちの住居を使わせてもらっていたが、後には自分自身でアパートを借りた。いずれにしても、一九一三年の十一月から立派なオッペルトハウスに入居していた両親とは別の建物だ。この数年間にさらに三冊の本が出版された。『火夫』（一九一三年）、『変身』（一九一五年）、そして『判決』（一九一六年）である。

しかし彼が賛美しつつも恐れた《生活》からの誘惑が止むことはなかった。それは菜食主義や果樹園での庭仕事、自然療法サナトリウムでの滞在といった数々の《打開策》にも認められる。一九一六年の夏にフェリーツェと一緒にマリーエンバートを訪れたことがきっかけとなって、二人の間に和解が訪れ、（長い間滞っていた）執筆活動も再開される。特にその契機となったのは、妹オットラがプラハ城内に借りていた小さな家を夜間執筆用に使わせてもらえることになったこと、それから一九一七年三月以降は城の下手のシェーンボルン宮殿内に新たに自分の住まいを得たことである。一九二〇年に刊行された『村医者』所収の作品は、そのほとんどすべてがこれら二つの住居で書かれた。一九一七年八月、フェリーツェとの二度目の婚約が成立した数週間後に、《長年の無分別と不眠とによって引き寄せられた病》である《喀血》が彼を襲う。カフカはそれを《ほとんど安堵をもたらすもの》と呼んだ。

結核の発病はさしあたりカフカをあらゆる義務から解放した。彼は妹のオットラと半年以上もボヘミアの農村で暮らす。しかしその後は災害保険局での勤務に復帰しなくてはならなかった。再三のサナトリウム滞在による中断があったものの、勤務は一九二二年夏に最終的に退職して年金生活に入るまで続いた。この間、彼はプラハでは再び両親の暮らすオッペルトハウスに住み、そこで長編小説『城』の一部と後期の中編のうちの数編が執筆された。ユーリエ・ヴォホリチェクとの婚約、ミレナ・イェセンスカーへの愛、ドーラ・ディアマントとのベルリン生活といった他の《脱出の試み》はことごとく失敗に終わる。カフカは一九二四年六月三日に亡くなり、プラハ近郊ストラシュニッツ（ストラシュニツェ）のユダヤ人墓地に葬られた。彼が憎み、しかも立ち去ることができなかった街、彼を摑んで放さなかった街、そして彼の方でもその多様性と異質性をみずからの作品の中に鮮やかに刻印しえた街、プラハ。彼は今そのプラハに眠っている。

彼の七冊目にして最後の本である小説集『断食芸人』は、逝去の数週間後に刊行された。

36歳の頃，1920年前後

住居

生家

旧市街大広場の南側，(第 2 次世界大戦末期に破壊された）聖母マリア柱も見える。
右はアイゼン小路の入口。角の建物（スメタナハウス）にカフカの母が結婚するまで住んでいた。右から 3 番目の建物のアインホルン薬局にはベルタ・ファンタ夫人の文学サロン（26 ページ）があった。同じく右から 6 番目，ツェルトナー小路入口の建物がジックストハウス。

生家

現在ある市庁舎小路（ウ・ラドニツェ）五番の**生家**①は、表玄関以外は建て直されたものだが、少し前からここに小規模なカフカ展示室が設けられている。建物のファサードには一九六〇年代半ばの〈プラハの春〉の頃に取りつけられた記念の金属製レリーフが架かっている。

一八八五年から一八八八年にかけて一家は三回引っ越しをしているが、それらの建物はすべて取り壊されてしまった。それぞれヴェンツェル広場五六番地、ガイスト小路V／一八七番地、ニクラス通り六番地の賃貸住宅である。後の二つの建物は、その後区画整理されたゲットー（ユダヤ人居住地区）内にあった。少年時代のカフカが知っていたゲットーは、アントン・ラングヴァイルの手になる美しい木製模型（製作は一八二六～三四年、市立美術館蔵）の中

にその姿を留めている。

ジックストハウス

カフカ家が一八八八年八月から翌年五月まで暮らした五番目の住居は今でも見物できる。（玄関ドアの上部に一七九六年と記されているが、建物の中心部はもっと古い）**ジックストハウス**②で、ツェルトナー小路（ツェレトナー）二番地、大広場から見て右手の取っつきの建物である。

2歳の頃

ミヌタ館

旧市街大広場と旧市街小広場の間に立つ、小広場（マレー・ナームニェスティー）二番地の**ミヌタ（ミヌッタ）館**③も古い賃貸住宅（十七世紀）で、ここに一家は一八八九年六月から一八九六年の九月まで住んだ。当時はまだスグラフィット装飾の上に漆喰が塗られていた。この館でカフカの弟が二人、（《医師たちの過失により》）生まれてすぐに亡くなった後、三人の妹たち、エリ（一八八九年）、ヴァリ（一八九〇年）、オットラ（一八九二年、カフカによれば《一番好きな妹》）が生まれた。

一階には現在、カフェが入っている。中央玄関からは市役所に抜けられるようになっている。玄関をくぐると中庭が現れ、その周囲を〈パヴラッチュ〉（イタリア語の〈parvola loggia〉の転用）が取り囲んでいる。これはプラハの古い地区によく見られる、中庭の周りに巡らせたバルコニーのことである。かつてこれらのパヴラッチュの一つで、父親の教育的配慮が実行に移されたのだろう。息子は三十年も後になって、そのことで苦情を述べている。

ごく幼い頃の僕にたいするあなたの教育手段を、いま僕がそのままの形で描き出すなどということは、もちろん不可能です。でもその後の年月から推測しておおよそのところを想像することならできます（……）。幼少期のことで僕が直接覚えている出来事がひとつだけあります。あなたも覚えておられるかもしれません。あるとき僕が水を欲しがって、夜中にさんざんむずかりました。きっと喉が渇いていたのではなく、誰かを苛立たせたかったのと、自分でもそうすることが面白かったのでしょう。何度かきつく叱っても効果のないことが分かると、あなたは僕をベッドから抱え上げ、パヴラッチュに連れて行き、ドアに鍵をかけて僕を下着のまましばらく一人で戸外に置き去りにしたのです。それが不当だったと言いたいのではありません。ひょっとするとあの時、本当にそうするより他に夜の静けさを取り戻す手だてがなかったのかも知れません。ただ僕はそこからあなたの教育手段とそれが僕に及ぼした影響を明らかにしておきたいのです。（……）何年か経ったあとも僕は、大男、つまり僕の父であり最終審である人物が、大した理由もなしにやって来て、夜中に僕をベッドからパヴラッチュに連れ出すかも知れない、つまり僕はその人物にとって

妹たち。左からヴァリ，エリ，オットラ

ミヌタ館，1900 年頃

そのような無にすぎないのだ、という想いに苦しめられたのです。
（『父への手紙』）

幼い頃の自分は《孤立した子供》だった、とカフカは日記に書いているが、実際そのとおりだったようだ。子守娘か料理女にしか相手をしてもらえず、すぐ下の妹とは六歳、一番下の妹とは九歳も離れていた。近所の子供たちと遊ぶこともあまりなかったし、〈通りで〉遊ぶことなど論外だった。昼間両親が彼の前に姿を見せることはめったになかったし、夜も早い時間に家にいることはまれだった。いわばたまのハイキングの時や休日だけの両親なのだった。

ミヌタ館に住んでいた頃、カフカは〈ゼクサー〉を貰ったことがあった。ゼクサーとは十クロイツァー硬貨のことである（一九〇〇年以前はクロイツァーとグルデンが通貨単位だった）。彼は三十年後に女友達のミレナにそのときのことを報告している。

ごく幼い頃、ゼクセルル（十クロイツァー硬貨の幼児語）を貰ったことがあって、それを大広場と小広場の間に座っていた年寄り

の女乞食にあげたくてたまらなくなりました。でもその金額が法外なものに思えて、きっとこんな大金を乞食は貰ったことがないんじゃないか、そんな大それたことをするのかと思うと、女乞食に対して申し訳ないような気持ちになりました。でもどうしても彼女にあげたかった。それでゼクセルルを小銭に換えてきて、女乞食に一クロイツァーあげたら、小広場の市庁舎やらアーケードやらの入り組んだ所をぐるっとまわってきて、まったく新しい施し手のような顔をして左側から現れ、また彼女に一クロイツァーをあげ、また走って行って、というようなことを何と十回も繰り返したのです（あるいはもう少し少なかったかも知れません。というのも女乞食はとうとう我慢できなくなって、立ち去ってしまったような気もします）。いずれにしても僕はしまいには道徳的にも疲れ果ててしまい、まっすぐ家に戻り、あんまり泣き続けるものだから、母が見かねて新たにゼクセルルをくれたほどでした。
（ミレナ宛、日付なし）

三王館

ツェルトナー小路（ツェルトナー）三番地の**三王館**⑤は、中心部が後期ゴチック様式のたいへん古い賃貸住宅だが、ここに一家が越してきたのは一八九六年九月、カフカがギムナジウムの四年生になったときのことであった。一家は一九〇七年六月までの十余年、つまり彼の大学卒業、学位取得、司法修習生としての一年間の勤務と続く、ほぼすべての期間をここで過ごすことになる。

　カフカ家の住居は二階部分で、のちにここには菜食レストランが入り、数十年間（〈転換期〉まで）営業していた。三十歳の頃からベジタリアンになったカフカもこの店に行ったはずである。たぶん夜に。というのも《僕が夕食を食べる間、父はその光景に慣れるまで、何カ月も自分の顔の前に新聞を広げて、見ないようにしなくてはならなかった》から。その食事内容は《ヨーグルト、ライ麦パン、あらゆる種類のナッツ、栗、棗《なつめ》、無花果、葡萄、アーモンド、干し葡萄、南瓜、バナナ、林檎、梨、オレンジ。もちろんすべて少量ずつで、宝角《たからづの》〔ヤギの角で作った容器に大地の恵みを盛ったもの〕から大量に口の中に流し込むというわけではありません》。

　この住居でカフカは初めて自分の部屋をあてがわれ、級友たちから大いに羨ましがられた。（いくつかの旅行ガイドブックが旅行者におすすめするようなタイン教会に面した部屋ではなく）通りに面した部屋だった。カフカ家に雇われていた女性の一人が彼の部屋の様子を綴った文章を残している。〈彼の部屋は質素でした。ドアの横に机があり、その上にはローマ法の二巻本が置いてありました。窓の反対側には戸棚があって、その前に一台の自転車、そしてベッド、ベッドの隣にナイトテーブル、そしてドアの近くに本棚と手水鉢がありました〉。《最初の夜》についてカフカが女友達に宛てて書いた文章も残っている。

　家族とツェルトナー小路に住んでいた頃のことです。向

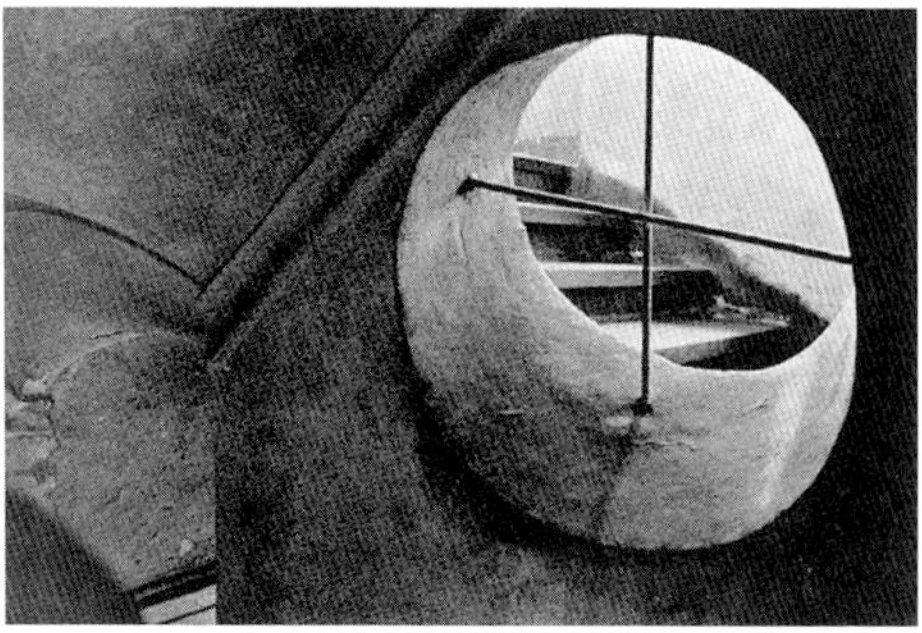

三王館の階段

かいに菓子店があって、ドアの所にいつも女店員が一人立っていました。上の部屋では二十歳を少し過ぎた僕が絶えず歩きまわって、最初の国家試験のために僕にとって無意味な事を覚え込もうとして神経をピリピリさせていました。夏のことで、たいそう暑く、ちょうど今時分だったと思います。我慢できないほどの暑さで、僕はいまいましいローマ法制史を相手に悪戦苦闘しながらずっと窓辺に立っていました。そしてとうとう僕たちは合図を送ってお互いの気持ちを伝え合ったのです。夜八時に僕が彼女を迎えに行くことになりました。でも夜になって降りてゆくと、すでに別の男が来ていたのです。だからといって事情は大して変わりませんでした。僕は世界全体に不安を抱いていて、この男に対してもそうでしたし、もし男がそこにいなかったとしても僕は彼に対して不安を感じたことでしょう。ところが少女は男と腕を組んで歩きながらも、僕について来るようにと合図をするのです。それで僕たちは射撃島まで歩き、そこで、僕だけ隣のテーブルでしたが、一緒にビールを飲み、僕だけ後からでしたが、一緒に少女の家までぶらぶら歩いて行きました。フライシュマルクト（肉市場）のあたりです。男が別れを告げ、少女は走ってアパートの中に消えました。しばらく待っていると彼女が出てきたので、僕らはクラインザイテのホテルに向かったのです。（ミレナ宛、日付なし）

　ツェルトナー小路のこのアパートでカフカの最初期の作品群が誕生した。カフカはすでにギムナジウム時代から書き始めていたのである。のちにそのほとんどが破棄されてしまったが、いくつかの作品は例外的に彼の最初の本に収録された。そのような例外のひとつが「通りに面した窓」である。

ツェルトナー小路の三王館

フランツ・カフカ「通りに面した窓」

孤独に暮らしながらも、ときにはどこかと繋がりをもちたいと思う人、一日の時の移ろいや天候、仕事の状況などの変化に思いを馳せ、誰の腕であれ縋《すが》ることのできる腕を見たいと望む人、そういう人は通りに面した窓がなくては、長い間持ちこたえることはできまい。そして彼が何を探すでもなく、ただ疲れた男として下の群衆と空の間に視線を泳がせながら、窓の手摺りに近寄って、自分ではそんなつもりもないのに頭を少し後ろに反らしていると、下で馬たちが馬車と騒音を率いて疾駆するそのまっただ中に彼を巻き込んで、ついには人々の団居の中へと彼を連れ去ってくれるのだ。

生徒証の写真，16 歳の頃

〈店舗〉

両親の結婚と開店はともに一八八二年で、結婚式場と店舗が同一の建物であった。つまり結婚式を挙げた旧市街広場北側の建物（**ゴルトハマーホテル**）に、ヘルマン・カフカは装身具店を開業したのである。当初は対面販売の小売店だった。この建物については、一枚の絵（七八ページ）と、息子によって描き出されたそこでの父ヘルマンの店主ぶりだけが残されている。

店。街頭売りの商店だった間、店自体が特に幼い頃の僕を大喜びさせたに違いありません。活気にあふれ、夜は照明で照らされ、いろいろ見聞きするものがありました。時には手伝って誉めてもらえることもありました。でも並はずれた商才を発揮するあなたに驚嘆する喜びが大きかったのです……。僕はあなたが店で怒鳴り、罵り、怒りまくる声を聞き、その姿を見たのです。それは当時の僕の考えでは世界中にまたとないものでした。罵るだけでなく、他の暴君ぶりも発揮されました。例えばあなたは、別の商品と取り違えたわけではないと言い張って、その商品を机から叩き落と

しました……。あるいはある肺病病みの店員についてあなたはいつも〈くたばれ、あんな病気の犬畜生〉と言っていました。店員たちは〈給料を貰う敵ども〉でした。たしかに彼らはその通りでしたが、僕には彼らがそうなってしまう前に、まずあなたが彼らの〈給料を払う敵〉であったように思えてならなかったのです。（『父への手紙』）

彼の店は、チェコ・ナショナリズムと反ユダヤ主義の嵐が吹き荒れた一八九一年の〈十二月暴動〉の時にも、何の被害も受けなかったという。まったくの見当違いというわけではないが、群衆はヘルマン・カフカをチェコ人と見なしたのだ。しかしその後一八九六年九月にヘルマンは、店舗を**三王館**⑤に移すとともに、帝立・王立商事裁判所の宣誓鑑定人となり、本人名義の電話を引くまでになった。店も対面販売の小売店から卸売りの本格的な大店へと脱皮し、一家は同じ建物に移り住み

ツェルトナー小路 12 番地

旧市街広場のキンスキー宮殿。
1 階右側が父ヘルマン・カフカの店舗

（三九ページ）、長男フランツには自分の部屋があてがわれた。

　それから十年経ってスペースが手狭となったため、店舗は一九〇六年五月に斜め向かいの**ツェルトナー小路**⑥（ツェルトナー）一二番地の建物に移転し、一九一二年九月までそこで営業を続けた。十九世紀に建てられたこの建物は、世紀転換期に造られた美しい階段吹き抜けやパヴラッチェに囲まれた中庭とともによい状態で保存されている。

　一九一二年十月に父の店は旧市街広場に面する瀟洒な**キンスキー宮殿**⑦の右翼部に移った。このキンスキー宮殿と道路を挟んだ向かい側の建物には、かつてカフカも通った旧市街ギムナジウム（七七ページ）が入っていた。一九〇七年十月にカフカはアシクラツィオーニ・ジェネラーリ（一般保険会社、八三ページ）で臨時職員として働き始めたが、そのときの推薦状にはすでに〈彼は名家の出身である〉と書かれていた。

　ヘルマン・カフカの店舗は四回移転している。それらの住所を辿ってみると、互いに一〇〇メートルと離れていなかったことが分かる。地理上では父の世界は息子の世界よりもさらに狭い世界であった。

HERMANN KAFKA
PRAG I.,
ALTSTADTERRING No. 16
Palais Kinsky.
GALANTERIEWAREN EN GROS.
Sachverständiger des k. k. Landes- als Strafgerichtes.
Postsparkassen-Konto No. 2.131.
TELEFON No. 141.

父の店のレターヘッド（1918年）。エンブレムの烏（チェコ語のkavkaは「烏」の意）は，当初〈ドイツ〉樫の枝にとまっていた（右図）。その後，烏はチェコの代表的な樹木にとまることになった。
また父ヘルマンは時とともにファーストネームの綴りを，Hermann，Herrmann（以上ドイツ語表記），Heřman（チェコ語表記）という具合に変えた

ツム・シッフ館、市民スイミングスクール

カフカ家は一九〇七年七月に、中世に建てられた**三王館**⑤を出て、ユダヤ人街が区画整理された後に新たに建造された高級住宅のひとつ、**ツム・シッフ館**⑪（ニクラス通り三六番地）に移った。この転居はカフカ家の社会的地位が揺るぎないものとなったことを意味する。一家はエレベーター付き新築ビルの最上階に住む。そこからはモルダウの流れとルドルフ皇太子記念公園を見渡すことができた。この建物の真向かいは五年後にヨハネ公園ができるまで《何もないだだっ広い建築現場》であった。カフカ家が越してきたとき、モルダウ河に架かるチェフ橋（チェフーフ・モスト、はじめの数年はニクラス橋と言った）もまだ建造中だった。それで彼はニクラス通りを《自殺者のための助走路》と呼んだ。というのもニクラス通りは《広い通りが河まで続いており、そこに橋がひとつ建設中なのだ。それから対岸のベルヴェデーレ、これは丘陵地を庭園に設えたものなのだが、その下にトンネルを掘り、大通りから橋を渡ってベルヴェデーレの下を散歩できるようにするということだ》。カフカは後にこれを実行した。そしてこのルートは彼のお

1908 年，完工時のチェフ橋。
ニクラス通り入口の左側に新築の〈賃貸宮殿〉ツム・シッフ館が見え，その前を〈路面電車〉が通り過ぎる

気に入りの散歩道のひとつ（一〇二ページ）となった。
カフカは自分の部屋についてもしばしば書き留めている。例えば日記には、夕闇の迫る頃、長椅子に寝ころんだときの様子がこう書かれている。

下の街路や橋に並ぶ電灯が壁や天井に投げかけてくる光と影は、互いに入り乱れ……。要するに、下に電気のアーク灯が設置されて、この部屋のレイアウトについて検討が行われたとき、この時間帯に室内の灯りを消すとこの部屋が長椅子からどう見えるかということについて、主婦らしい配慮が一切なされなかったのだ。
（一九一一年十月四日）

この部屋でカフカは、一九一二年九月二十二日から翌二十三日にかけてのあの有名な文学的〈突破〉の夜に（《十時から朝の六時までかけて》）、最初の偉大な小説『判決』を書いたのだった。小説の最後の場面でゲオルク・ベンデマンは橋の欄干を乗り越える。《次第に力の弱まってゆく両手でなおもぶら下がったまま、彼は欄干の鉄柱の間で、自分の落下する音を容易に掻き消してくれるであ

ろうバスの来るのを待っていた……》

その数週間後に『変身』が成立し、〈アメリカ〉小説『失踪者』の大部分もこのニクラス通りの部屋で書かれた。自室からの眺めについてもカフカは言及している。

> 階段の眺めが今日は僕を大いに感動させる。もう朝早くから、そしてその後も何度か、チェフ橋の右手から船着場へと降りてゆく例の階段の様子、石でできた手摺りが僕の窓からだと切り抜かれて三角形に見える、その様を見て楽しんだ。まるで束の間の暗示を与えるかのようにそれは大きく傾いている。そして今僕は川向こうの、水辺まで降りてゆく斜面に置かれた梯子段を見ている。随分前からそこにあったが、スイミングスクールの設置される季節には隠れて見えず、それが撤去される秋と冬に姿を現わすのだが、その梯子がそこの褐色の木々の下、暗い色の草の中に遠近法そのままの形で横たわっていた。　（日記、一九一一年十月二十八日）

ちなみにカフカはすでに一八四〇年に開設されていたこの**市民スイミングスクール**⑮（この名称は、河の少し上流側にあった軍用スイミ

ングスクールと区別するためにつけられた）の常連で、自前のボート（〈オンボロ船〉Seelentränker）も所有していた。岸辺のこの縦長の建物は今でも見ることができる。

ニクラス通りは今日ではパリ通り（パジーシュスカー・トゥシーダ）と呼ばれていて、**ツム・シッフ館**は今はもうない。今そこにはホテル・プラハ・インターコンチネンタルが建っている。どうしてもカフカの視線を追体験したい人は、インターコンチネンタル最上階のレストランに入って窓際の席に座るとよい。

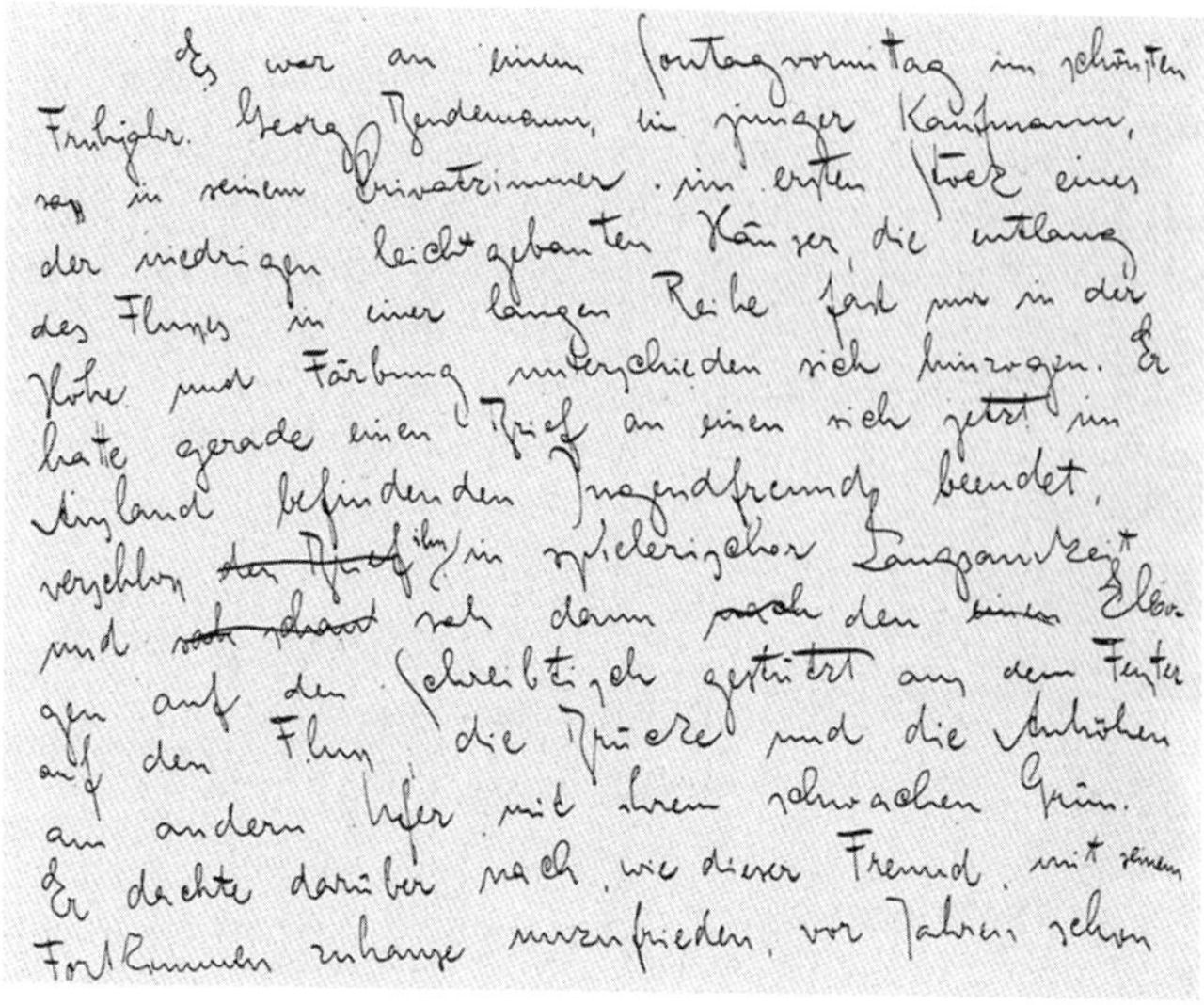

Es war an einem Sonntagvormittag im schönsten
Frühjahr. Georg Bendemann, ein junger Kaufmann,
saß in seinem Privatzimmer im ersten Stock eines
der niedrigen leichtgebauten Häuser, die entlang
des Flusses in einer langen Reihe fast nur in der
Höhe und Färbung unterschieden sich hinzogen. Er
hatte gerade einen Brief an einen sich jetzt im
Ausland befindenden Jugendfreund beendet,
verschloß ~~den Brief~~ ihn in spielerischer Langsamkeit
und sah dann ~~nach~~ den Ellbo-
gen auf den Schreibtisch gestützt aus dem Fenster
auf den Fluß, die Brücke und die Anhöhen
am andern Ufer mit ihrem schwachen Grün.
Er dachte darüber nach, wie dieser Freund, mit seinem
Fortkommen zuhause unzufrieden, vor Jahren schon

日記帳に書かれた『判決』冒頭部

モルダウ河畔の〈市民スイミングスクール〉。
奥に〈軍用スイミングスクール〉が見える

マックス・ブロートの住居

シャーレン小路⑲（スコジェプカ）一番地の集合住宅の最上階に、カフカの終生の友であり、彼の遺稿を散佚から救ったマックス・ブロート（一八八四―一九六八年）が、結婚するまでの間住んでいた（結婚は一九一三年。結婚後の住所はウーファー小路［ブジェホヴァー］八番地）。当時彼は郵便局員で、仕事が終わると保険局に勤めるカフカとヨーゼフ広場で待ち合わせして同道するのを常としていた。

この家でカフカは友人ブロートにでき上がったばかりの自作を朗読して聞かせた。またカフカが後の婚約者フェリーツェ・バウアーと初めて出会ったのもここだった。一九一二年の日記にはこう書かれている。

フェリーツェ・バウアー嬢。八月十三日にブロートのところに行くと、彼女がテーブルを前にして座っていて、こう言うのも何だが、まるで女中のようだった。彼女が何者なのかということにも全然関心が湧かず、すぐに忘れてしまった。骨張ってだだっ広い顔がそのだだっ広さを露呈していた。むきだしのうなじ、大き

すぎるブラウス。きわめて家庭的な服を着ていた。あとで分かったことだが、これはまったくの見当違いだった……。ほとんど潰れたような鼻、少し硬めのツヤのない金髪。頑丈そうな顎。僕は椅子に座るとき、初めて彼女をじっくりと観察した。そして座り終わったときには、すでに揺るがしがたい判決を下していた。

（一九一二年八月二十日）

フェリーツェ・バウアー，1914 年

マックス・ブロート。
ルツィエン・ベルンハルトによるスケッチ画

シャーレン小路のマックス・ブロートの住居

オッペルトハウス

一九一三年十一月に一家は、パリ通り（パジーシュスカー・トゥシーダ）と旧市街広場（スタロムニェッケー・ナームニェスティー）の交わる角の住宅、**オッペルトハウス**㉑に引っ越した。住所は旧市街広場六番地（現在は五番地）だった。このオッペルトハウスも区画整理後に建設された賃貸住宅だった。張り出し窓のある五階建ての高級住宅で、エレベーター付きで上階にはメツァニン（中二階）が設えられ、縦長の大きな屋根と角櫓《すみやぐら》までついていた。

六部屋からなる一家の住居は四階の角の部分で、**ツム・シッフ館**（四六ページ）のときよりも広くて豪華だった。カフカの部屋はパリ通りに面していた。

> 僕の窓の正面には……ロシア教会（ニクラス教会）の巨大な丸屋根と二つの塔が見え、この丸屋根と隣接するアパートの間に、ラウレンツィ山の一部が三角形をなしていて、その上にとても小さな教会が建っているのが見えます。左手には、塔のある市庁舎の全容が鋭く屹立し、ひょっとしたらまだ誰もまともに見たことがないかもしれないような遠近法の中で、反っくり返っているように見えます。
>
> （グレーテ・ブロッホ宛、一九一三年十一月十八日）

カフカは一九一四年七月末までと一九一八年以降に再びここに住んだ（七〇ページ）。

一九四五年に市庁舎の一部が破壊されたとき、オッペルトハウスも被害を受けた。屋根は新しく造られたものである。中二階は今はない。しかしカフカ家の住んだ住居部分は残っている。むろん二本の柱に囲まれたもとの玄関（旧市街広場五番地）はもはや古い階段室に通じてはいない。その代わり新しい玄関（同六番地）には美しい市の紋章がつけられている。この建物の裏庭を覗いてみたい人は、パリ通り四番地の玄関から入るとよい。

ニクラス通り（からパリ通りにかけて）の眺め。
左は旧市街市庁舎，右はオッペルトハウス

左はニクラス教会，右はオッペルトハウス

ビーレク小路

ビーレク小路㉒（ビールコヴァ）一〇番地の角のアパートにカフカは三十一歳にして初めて独りで住む。最初は一九一四年八月三日からの約四週間で、そのときは旅行中の妹ヴァリが借りていたアパートに留守番を兼ねて住むという形だった。その後一九一五年二月十日から三月十五日にかけては同じアパートの別の部屋を自分で借りることになる。

しかし自分の部屋を持つ決心は必ずしも自発的なものではなかった。というのは、一九一四年七月三十一日の動員で、彼の二人の義弟、カール・ヘルマン（妹エリの夫）とヨーゼフ・ポラック（妹ヴァリの夫）が軍に召集されて、エリが幼い子供二人とともに両親の住む**オッペルトハウス**（五二ページ参照）に引っ越してきたため、独身者のフランツは出てゆかざるを得なかったのである。

これに先立つ二年間、ほとんど何も書けず、また数週間前にはフェリーツェ・バウアーとの婚約が解消されたばかりであったカフカは、戦争に沸き立つ世相については《戦い合う者たちに、心の底から災いあれと願うほどの妬みと憎しみ》を抱く。そして

《これまで以上に決然と》執筆に専念しようとしていた。ビーレク小路に移って数日のうちに彼は『審判（訴訟）』の執筆に取りかかる。まず最初と最後の章が完成し、続いて少なくともさらに二つの章がここで成立した。

妹ヴァリが長期休暇から戻ると、カフカは**ネルーダ小路**（五六ページ参照）にある、空いていた妹エリ名義の住居に移った。

みごとな内階段と天窓を備えたこの住居は、今でもよい保存状態で残っている。カフカの仕事部屋はおそらく二階だった。というのも彼は、そこが《（前に住んでいたオッペルトハウスの）僕の部屋よりも低い階なので、向かいの飲食店の歌声がうるさい》と書いているからである。

カフカが一九一五年二月に自分で借りた部屋はもう少し上の階だったようだ。おそらくそこで『ブルームフェルト、中年の独身者』が書かれた。しかしわずか数週間でカフカはこの部屋を放棄する。隣室の騒音があまりにやかましかったうえ、家主の女性はおとなしすぎ、おまけにどこかの部屋では誰かが大声でフランス語の発音練習をしていたのだ……。それで彼は**金のカワカマス館**（六一ページ参照）に引っ越したのである。

ビーレク小路のアパート

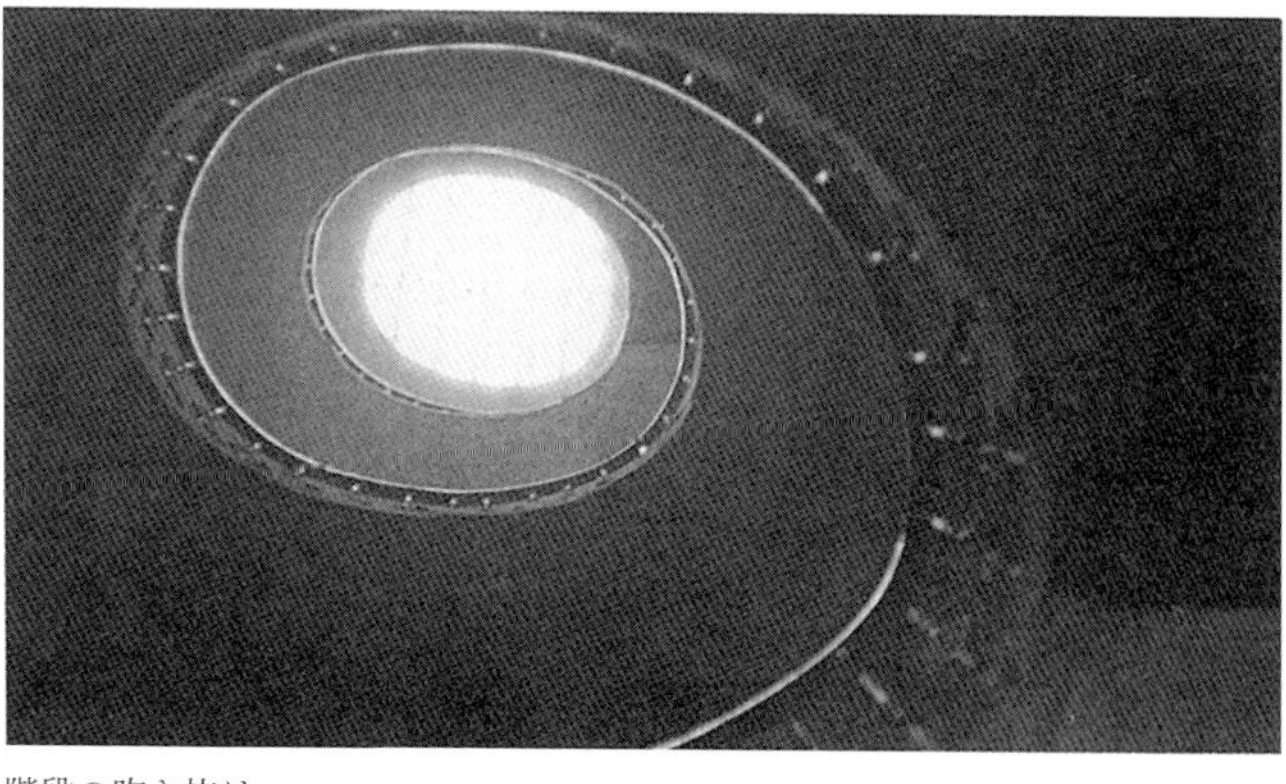

階段の吹き抜け

ネルーダ小路、アスベスト工場

ビーレク小路の妹ヴァリのアパート（五四ページ）を出なくてはならなくなったカフカは、一九一四年九月初めから一九一五年二月九日まで妹エリのアパートに住んだ。エリは戦争勃発からの数カ月間、両親のもとに身を寄せていたのである。エリの夫カール・ヘルマンは家族経営の〈工場主〉だった。エリとの結婚後、彼は一九一一年に〈プラハ・アスベスト工場・ヘルマン&カンパニー〉を設立した。同社の共同出資者がフランツ・カフカで、ただしその資金は彼の父が出した。

　ヘルマン家の住居はヴァインベルゲ地区（ヴィノフラディ）に広がる新興住宅街の中の**ネルーダ小路**（現在はポルスカー）四八番地にあった。下の市街図のＡである。この住居からカフカは次のような内容の手紙を出している。

　いくつかのこと、とりわけ工場のやっかいな問題がない場合の僕の時間配分はこうなります。二時二十分までオフィス、それから家で食事、一、二時間かけて新聞を読み、手紙を書き、事務仕

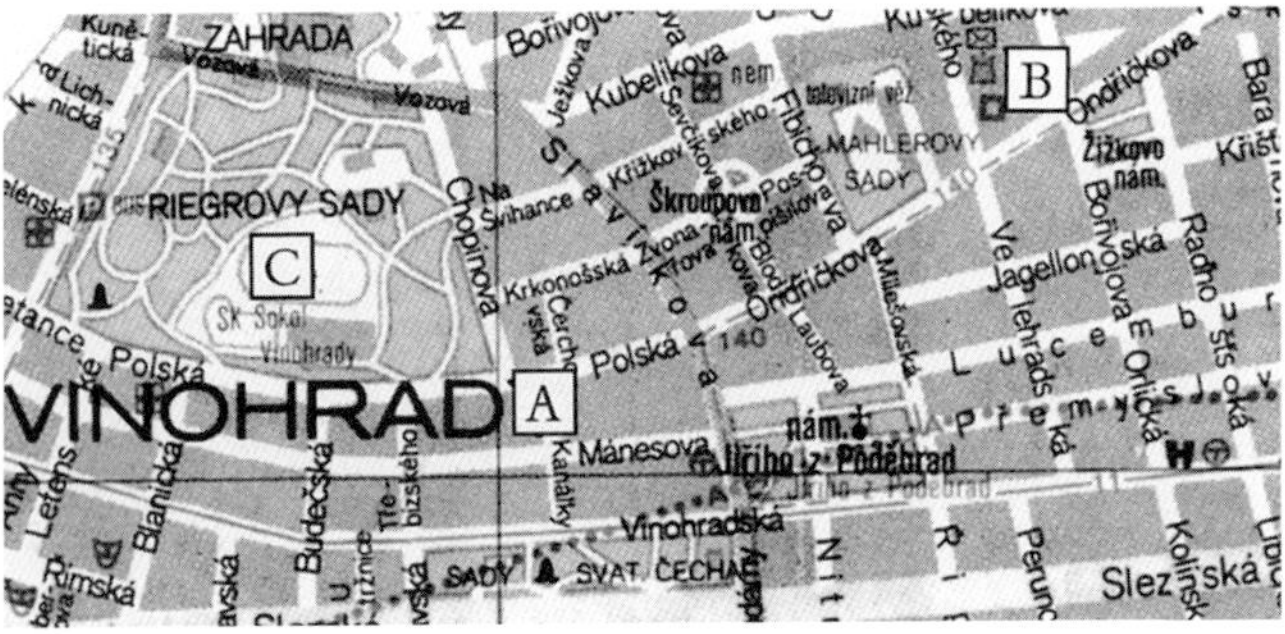

事をし、その後は自宅に戻って眠るか、または眠らずにただ横になります。そして九時に両親の住むところまで歩いて行って夕食（けっこうな散歩になります）、十時に路面電車で帰宅し、その後は力の許す限り、あるいは翌日の午前の仕事とオフィスでの頭痛に配慮しつつ、事情の許す限り起きています……。

　僕は昼の数時間、この静かな三つの部屋で一人、座るか寝そべるかしています。そしてそれだけが自分にふさわしい生活だと思うのです。誰とも会いません。友人とも会いません。ただ仕事帰りにマックスと数分間一

ネルーダ小路のアパート

カール・ヘルマンとその妻エリ
（カフカの妹）。
下はカフカの両親と孫のフェーリクス

プラハ・アスベスト工場・ヘルマン&カンパニー

プラハの工場，1913 年

緒になるだけです。　（フェリーツェ宛、十月末—十一月初め）

ここで言及されている義弟の工場は目と鼻の先にあって、カフカにとっては実際にやっかいな問題だった。というのも、彼の父はあいかわらずカフカをその工場の共同経営者と見なす態度を隠そうとしなかったのである。カフカは一九一二年に自殺の寸前まで追い込まれたことがあったが、二年後の今回、ふたたび危機に見舞われる。『訴訟』執筆の最中にもかかわらず、（義弟が兵役に取られたために）カフカは以前にも増して工場の問題に関わらなくてはならなくなったのだ。《自殺》の考え、《傾いてゆく工場経営》に対する絶望、《工場の悲惨な光景》、《父の非難》、そしてみずからの《無価値な仕事》……。

こうしてついに一九一五年、《工場に行く義務がある限り、僕には何も書けない》という結論に達する。このときに『訴訟』の執筆は頓挫しその後も完成されることはなかった。

にもかかわらず妹エリのアパートでの数カ月は、きわめて実り多い時期であった。『訴訟』のほぼ三分の二（有名な寓話「掟の前で」

も含まれる）が書かれただけでなく、『失踪者』の「オクラホマ」の章や中編『流刑地にて』もここで書かれた。

プラハ・アスベスト工場は**ボリヴォイ小路**（ボジヴォヨヴァ）二七番地Bの建物の裏庭にあった。カフカのところからは数百メートルしか離れていなかったが、もうそこは労働者の街ジシュコフであった。この工場は最盛期には二十五名の工員を抱え、ガスモータ

Prager Asbestwerke
Hermann & Co., Prag
offerieren Wiederverkäufern bei promptester
Bedienung in erstklassigen Fabrikaten
723-13
Asbest- und Asbest-Kautschukwaren
jeder Art. Technische Fettpräparate.
Stopfbüchsenpackungen. Hochdruck-
platten. Isoliermaterialien.

ーによるトランスミッションベルト伝動式の工作機械を十四台も動かしていた。一九一七年にこの工場は閉鎖された。

現在、このネルーダ小路の住宅へ行くには、〈路面電車〉ではなく地下鉄を使う（最寄り駅は路線Aのイジーホ・ス・ポジェブラット）。

おそらくヘルマン家（カフカの妹夫婦）はこの住宅が新築された一九一〇年に入居した。この地区全体に言えることだが、ここも新興中流階級向けの住宅（エレベーターなし）で、工場のあった労働者地区ジシュコフの建物とは明らかに異なっていた。裏庭に建てられていた三階建てバラックの工場に向かって、ブルジョア公務員カフカが重い足取りで歩いた道を辿ってみるのも一興だろう（オンドリーチコヴァ二九番地のアパートには少し広い共用通路があり、そこを抜けて工場に行くこともできる）。

あるいは事のついでに、カフカが高く評価していた**リーガー公園（リーグロヴィ・サディ）**Cまで足を延ばしてもよいだろう。

日曜日にリーガー公園を散歩する親子，1916 年

金のカワカマス館

ビーレク小路（五四ページ）のやかましさに追い立てられる形で、カフカは一九一五年三月十五日、ランゲ小路（ドロウハー）一六番地（かつては一八番地）の**金のカワカマス館**㉓に新居を見つけた。今回もヨーゼフシュタット区の新築の賃貸住宅だった。ここには一九一七年二月二十八日まで住んだ。一九一五年三月に彼は文通が再開されていた元婚約者フェリーツェ・バウアーに宛てて、こう書いている。

　引っ越しました。騒音は前のところより十倍もひどいのですが、その他の点では比較しようもないくらいに素晴らしい部屋です。部屋の状態や外観など自分には重要でないと思っていました。でもそうではなかったのです。ある程度の見晴らしの良さ、そして遮るもののない大地というわけにはいかなくとも、窓から空の大部分が見え、遠くには例えば塔を仰ぎ見ることができる、そういう可能性がなかったならば、僕は打ちひしがれた惨めな人間に過ぎません。この惨めさのどこまでが部屋に由来するのかはうまく言えませんが、その影響は少なくないはずです。この部屋には朝陽も差します。まわりの建物がかなり低いので、朝陽は遮られずにまっすぐ僕のところに来るのです。朝陽だけではありません。というのもここは角部屋で、窓が二面、南と西に向いているのですから。でも僕があまり喜びすぎないようにと、上階の（賃貸していない空いている!!）アトリエでは誰かが夜遅くまで重い長靴を履いて歩き回り、それどころか意味不明の騒音発生装置を起動させ、まるで九柱戯でもしているのではないかと勘ぐりたくなるほどです。

（フェリーツェ宛、一九一五年三月二十一日）

数日後に《九柱戯》の謎は解けるが、それでもカフカの不平は止まない。

　この呪われたコンクリートハウス全体に響く反響音。上の部屋の床でエレベーター装置が騒音を立てて、それが床下の空間部分で反響するのです（あのときアトリエの幽霊と思ったものの正体はこれでした。そこにはさらに女中もいて、洗濯物を干すときに

金のカワカマス館。
右はフライシュマルクト小路，左はランゲ小路

スリッパで文字通り僕の頭蓋冠の上を歩き回るのです）。
（同、一五年四月五日の消印）

バルコニーからの《ある程度の見晴らしの良さ》には、斜め向かいに建つランゲ小路五番地のアパートの五階への眺めも含まれていた。そこの《通りに面した三枚の窓すべてに朝陽が降り注ぐ》部屋こそ、以前フェリーツェと二人で見つけた新婚向けの物件だった。

現存する作品のうち、金のカワカマス館で書かれたものはほとんどない。カフカの部屋は建物の正面五階で、そのバルコニーには金のカワカマスを象った紋章が刻まれていた。フライシュマルクト小路（マスナー）に面して窓が二つあり、エレベーターは今も動く……。

錬金術師小路

金のカワカマス館（六一ページ）の部屋の騒音に苦しめられたカフカは、一九一六年夏にはもう、少なくとも夜間の執筆用に使える場所を探し始め、妹オットラとともにフラチャヌィ、つまりプラハ城の城内の**錬金術師小路**㉔（ズラター・ウリチュカ）二二番地に、中世の頃に建てられた小さな家を見つける。

いつだったか夏に僕はオットラと家を探しに行きました。本当の静けさが見つかるかも知れないとはもう思っていませんでしたが、行くだけ行ってみたのです……。やはりだめでした、めぼしいものは一つもありません。〔冗談であの狭い路地でも訊いてみました。ありますよ、十一月以降なら一軒お貸しできます。オットラの方でも静かな家を求めていて、この家を借りるという考えに有頂天になったものです……。

そこには住み始めにつきものの欠陥がたくさんありましたが……今ではあらゆる点で僕にぴったりの家です――ここまで上ってくる道のすばらしさ、部屋の静けさ、隣人とは薄い壁一枚

で隔てられているだけですが、その隣人が申し分なく静かなのです。僕は夕食持参でここまで上ってきて、たいてい夜中までいます。それから我が家に戻る道にもすばらしいことがあります。夜中に僕は執筆を切り上げる決心をしなくてはならないのですが、そのあとに頭を冷やしてくれる石畳みの道が僕を待っているのです。さらにそこでの生活――自分の家を借りて持つということ、世間を後にして後ろ手で閉めるドアが、自室のドアでもアパートの玄関ドアでもなく、まさしく自分の家のドアであるということ、そしてそのドアを開けると目の前に雪の降り積もった静かな街路があるということ、そういったことのなかには何か特別なものがあります。そうしたすべてが月わずか二十クローネなのですから。必要なことはみな妹にやってもらって、また幼い花売り娘（オットラの生徒）にも最低限必要な分だけ世話をしてもらい、すべてが文句のつけようもなくすばらしいのです。

（フェリーツェ宛、一九一六年の年末から翌年にかけて）

この小さな家で一九一六年十一月末以降、『村医者』、『天井桟敷にて』、『猟師グラフス』、『あるアカデミーへの報告』、『家長の心

配』といったカフカの最も美しい作品の数々が産み出された。『皇帝の綸旨《りんじ》』も、王城にほど近いこの家で（しかもフランツ・ヨーゼフ帝崩御の直後に）書かれた。おそらくは労働者災害保険局の法的基盤をなしていたあの綸旨のこともカフカの念頭にあっただろう。三十五年前に〈社会的被害の救済〉のためにヴィルヘルム二世がベルリンで発布した、例の〈皇帝の綸旨〉である。

　錬金術師小路へは城内のゲオルク小路（イジュスカー通り）を通って行く。今は観光客に人気のスポットになってしまって、《静かな小路》とはほど遠い。しかし夜になれば、カフカが一九一六年から一七年にかけての冬に通った道を静かに辿ることができる。《……真夜中になろうとする時刻に古い城内の小径（旧シュロスシュティーゲ＝スタレー・ザーメッケー・スホディ）を通って市街に下りてゆくのは何とも言えずすばらしい》。

フラチャヌィの錬金術師小路，左がオットラの家

フランツ・カフカ『皇帝の綸旨』

次のように伝えられている。皇帝が一介の人物である君、取るに足らぬ臣下であり、皇帝の太陽のごとき光輝から寂しく僻遠の地に逃れた影である君に、死の床から一通の綸旨をお送りになったのだ。彼は使者をベッドの傍らにひざまづかせると、その者の耳に綸旨を囁いた。皇帝にはその内容がきわめて重要であったので、使者に自分の耳元で復唱させることまでした。皇帝はうなずいて内容が正しいことを確認した。そして崩御を見守る人々の前で――邪魔な壁はすべて取り払われ、高く広々と延びる階段には帝国のお歴々がぐるりと皇帝を取り囲んでいた――これらすべての人々の前で皇帝は使者を遣わせたのだ。使者はただちに出立した。疲れを知らぬ強靭な男で、左右の腕を交互に突き出しながら群衆をかき分けて進んでゆく。邪魔が入ると太陽の紋章のついたその胸を指し示す。たしかに彼は他の誰よりも容易に進んでゆく。しかし群衆の数はあまりに多く、またその住居は果てしがない。目の前に遮るもののない野原が開けたならば、彼は飛ぶように疾駆して、まもなく君は彼の拳が君の家のドアを叩く重々しい

響きを耳にするだろう。しかしそうではない、彼は何と無益に力をすり減らしていることか。いまだに彼は宮殿の最奥部で広間から広間へと懸命にあがいている。決してそれが終わることはないだろう。かりにこれがうまく行ったとしても、それが何になるだろう。階段を下りるのがまた一苦労だ。かりにこれがうまく行ったとしても、それが何になるだろう。中庭をいくつも抜けねばならないのだ。中庭の後には第二宮殿が控えている。そしてまたもや階段と中庭だ。それからさらに次の宮殿。こうして数千年が過ぎる。そしてついに使者が一番外の門から転がるようにして出てくると――しかしそんなことは決して、決して起こるはずがないが――彼の眼前にはやっと王都がその全容を見せるのだ。夥しい沈殿物が積み重なる世界の中心だ。何人といえどもここを突き抜けることはできない。死者の綸旨をもった者であればなおさらである。――だが君は、夕闇が迫るたび、窓辺に座って綸旨を待ちわびるのだ。

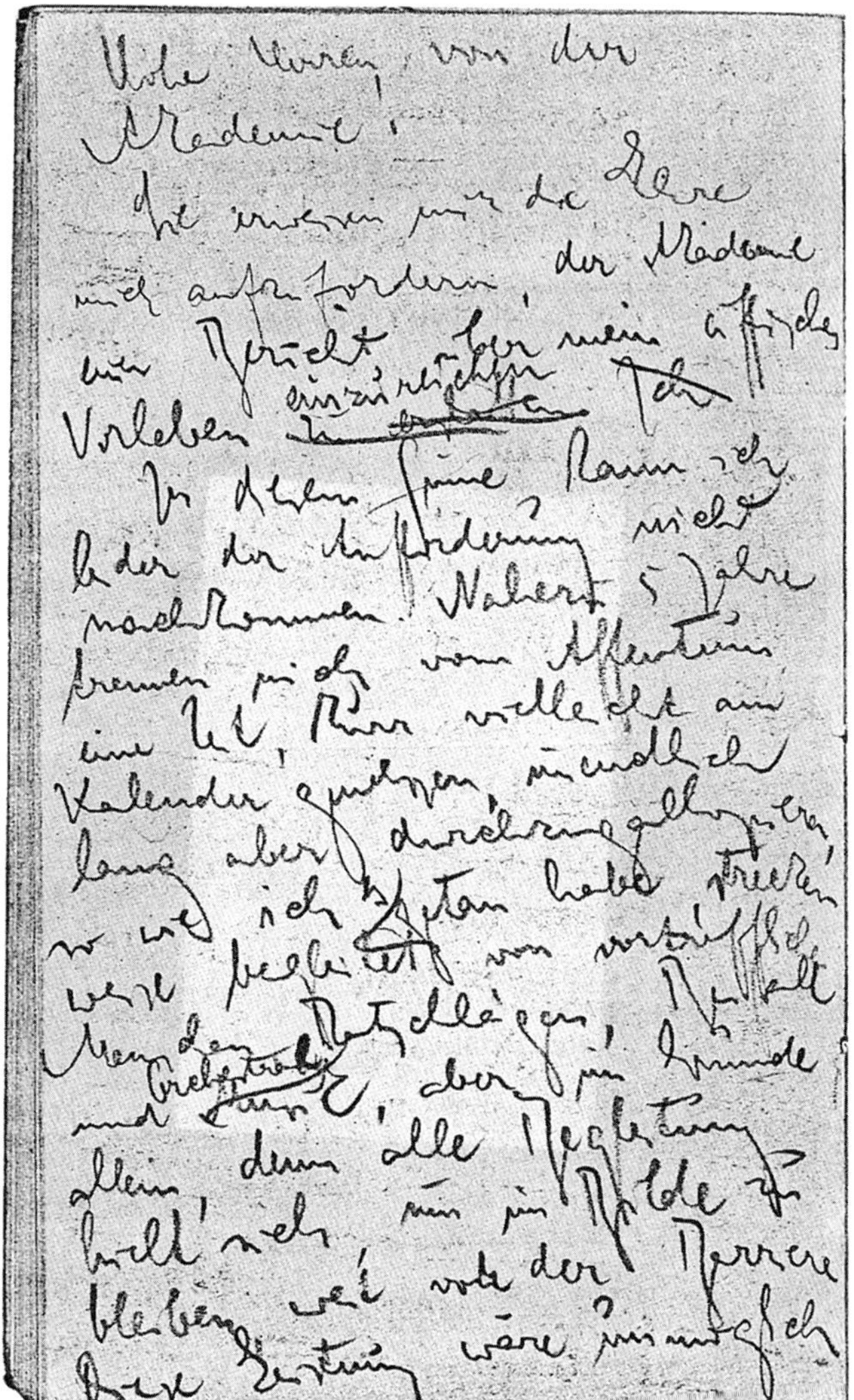

1917年春の八折り判ノートの1冊。『アカデミーへのある報告』冒頭を含む

シェーンボルン宮殿

一九一六年夏に妹オットラとクラインザイテ地区で騒々しさとは無縁の静かな仕事部屋を探していた（六四ページ）とき、カフカは《数ある古い宮殿の中のどこか地面の片隅に、ひっそりと穴でも開いていて、そこで心おきなく手足を伸ばすこと》ができないだろうかと考えた。

その後まもなく彼はその「穴」を、マルクト小路（トゥルジシュチェ）一五番地の**シェーンボルン宮殿**㉕に見出した。これは《以前の所よりいくらか低い階の部屋で、通りに面しており、窓の前にはフラチャヌィ城が迫る三階建て集合住宅》だった。

その庭園といったら！　宮殿の門道に入ると人は自分の目を疑います。側面に女神像（カリアティード）の立ち並ぶ第二門の上部にはアーチが聳え、そのアーチ越しに美しく配置された石段が下の方で枝分かれして大庭園に到り、そこから大きなスロープが広くなだらかに園亭（グロリエッテ）まで続く様子が見えるのです。

（フェリーツェ宛、六四ページと同一の書簡）

カフカは**金のカワカマス館**（六一ページ）の部屋を引き払った後の一九一七年三月以降は**シェーンボルン宮殿**に住んだが、引き続き**錬金術師小路**（六四ページ）の小さな家での執筆も続けた。しかしもはや夜間にこの家を使うことはなかったようだ。というのも宮殿を《夜に抜け出すのは難しいでしょう。その門は外からは開かないのです。でもその代わりに夜は公園内の、いつもは高貴な方々しか入れない場所を、しばしば心躍らせて散策することができます》。

一九一七年の春から夏にかけて成立した作品のうち、どれが錬金術師小路の家で書かれ、どれがシェーンボルン宮殿の住居で書かれたかは不明である。

カフカはこのシェーンボルン宮殿の住居で八月十二日から翌十三日にかけての夜に《喀血》する。七年後に彼の命を奪うことになる結核の最初の徴候であった。《それは脳が自分に課せられた不安と苦痛にもはや耐えられなくなったということです。脳は言いました、「僕はもうお手上げだ。でも全体の安寧を憂慮する者がここにまだ残っていたなら、僕の重荷をいささかなりとも肩代わりして頂きたい。そうすれば今少しは持ちこたえることができる」。そこで肺が名乗り出たという次第です》。カフカは後にミレナに宛ててそう書いている。一九一七年九月にカフカは、錬金術師小路の家もシェーンボルン宮殿の住居もともに放棄する。このあと田舎暮らしとサナトリウム滞在の日々が続いた。プラハに戻ったとき（オフィスでの仕事を再開するために戻って来ることもしばしばであった。退職して年金生活に入るのはさらに五年後のことである）には、**オッペルトハウス**（次ページ）の両親の住居にやっかいになった。

シェーンボルン宮殿は現在、アメリカ大使館になっている。カフカが住んだのは三階左側の窓三面分の住居である。カフカが錬金術師小路の家からシェーンボルン宮殿に帰るときにいつも通った道は、今でも辿ることができる。城を抜け、新シュロスシュテイーゲ（ザーメッケー・スホディ）を通り、ネルーダ小路（ネルドヴァ）に出る道である。ネルーダ小路一三番地のアパートの門をくぐると、もうそこはシェーンボルン宮殿の真ん前である。

シェーンボルン宮殿の庭園正面，後ろはフラチャヌィ城

オッペルトハウス、墓地

結核の発病、そして初めての田舎暮らしを体験したカフカは、一九一八年五月から同年十月まで、再び**オッペルトハウス**㉑（五二ページ）の両親のもとに住んだ。度重なるサナトリウム滞在による中断はあったものの、彼はその後三年間、何度もオフィスに戻らねばならず、そのつどプラハに住むことになる。一九一九年の四月から十月、同年十二月から翌一九二〇年三月、一九二〇年七月から十一月、そして一九二一年九月から翌年の七月までの時期である。このようなプラハ滞在期間の中では一九二〇年の秋にだけ（四階の階段吹き抜けの左手の、旧市街広場を見下ろす部屋で）、『市の紋章』、『ポセイドン』、『夜に』、『法の問題について』など数多くの小品が成立した。

この時期カフカにヘブライ語を教えていた人物はこう報告している。〈あるとき、窓から旧市街広場を見下ろしていると、彼は街並みを指差しながらこう言った。「ここに僕の小学校がありました。あそこに見える建物には大学、そしてその少し先の左が僕のオフィスでした。この小さな円環の中に僕の全生涯が閉じこめられて

旧市街広場のニコラウス市場，1900 年頃

いるのです」。そう言うと彼は指で小さな円をいくつか描いて見せた……〉。

短い休暇の間にカフカは長編『城』の執筆に取りかかる。休暇後は一九二二年二月末から六月末までふたたびオッペルトハウスに住んだ。この四カ月間に『城』の第六章から第十六章までの部分、中編『最初の悩み』と『断食芸人』が成立した。

そのあとカフカは一九二二年九月から翌年六月までの比較的長い間、ふたたびプラハの両親の住居に住んでいる。一九二四年三月にも数週間、親元に帰ってきた（この頃に最後の中編『歌姫ヨゼフィーネ』が書かれた）。そして一九二四年六月三日に彼はとあるサナトリウムで亡くなり、プラハ近郊ストラシュニッツのユダヤ人墓地に葬られた。

カフカの墓へは地下鉄A路線で行く。駅はジェリフスケーホである。ユダヤ人墓地（ジドフスケー・フジュビトビィ、金曜の午後と土曜は閉まっている）までは案内板に従う。墓地に着いてからのカフカの墓への道順も同様である。ただしそこには詩や祈願文、その他さまざまな供物が供えられ、一種独特な巡礼の地と化している。

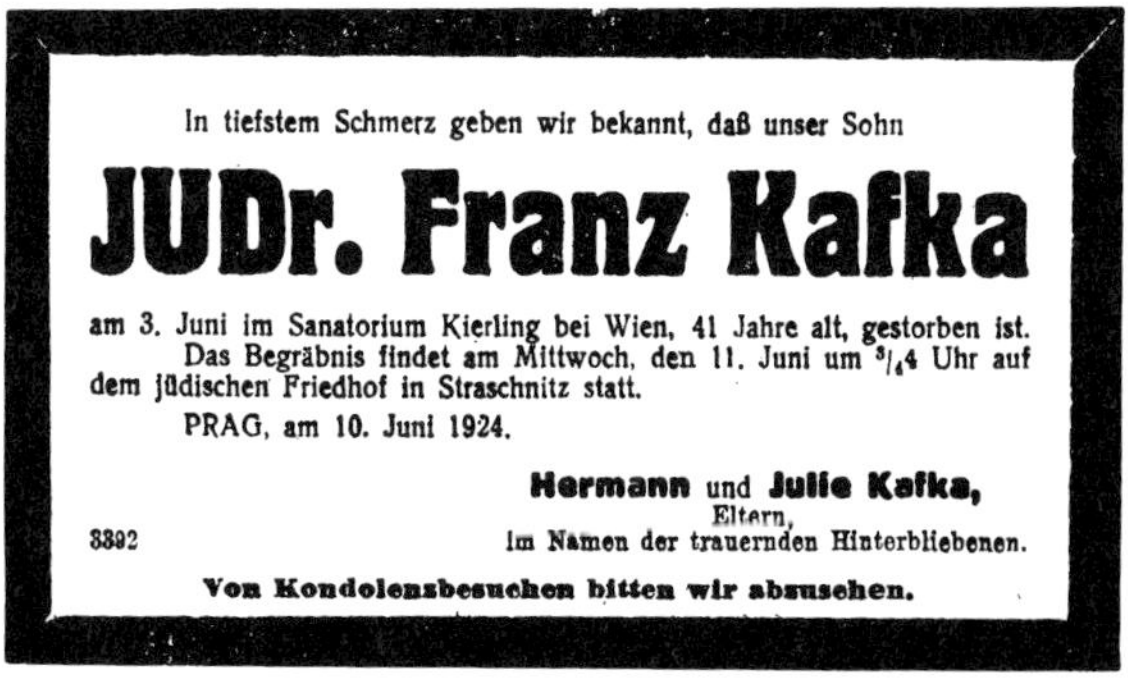

In tiefstem Schmerz geben wir bekannt, daß unser Sohn

JUDr. Franz Kafka

am 3. Juni im Sanatorium Kierling bei Wien, 41 Jahre alt, gestorben ist. Das Begräbnis findet am Mittwoch, den 11. Juni um 3/4 4 Uhr auf dem jüdischen Friedhof in Straschnitz statt.

PRAG, am 10. Juni 1924.

Hermann und **Julie Kafka,**
Eltern,
im Namen der trauernden Hinterbliebenen.

3392

Von Kondolenzbesuchen bitten wir abzusehen.

公務員カフカが通った道

公務員カフカ，32 歳の頃（1915 年から翌年）

そもそもの始まりは料理女に手を引かれて歩いた、**ミヌタ館**（三六ページ）から小学校までの通学路だった。カフカは何十年も後にこの道のことを書いている。私たちもこの道を歩きながら、学校に対して彼が抱いたさまざまな不安を追体験することができる。

　うちの料理女は小柄で干からびた、痩せた女で、とんがり鼻の、頬のこけた黄色っぽい顔立ちでしたが、しっかり者でエネルギッシュかつ尊大な女でした。この女が毎朝僕を学校に連れて行ったのです。僕たちは大広場と小広場の境界の建物に住んでいました。ですからまず広場を横切り、それからタイン小路に入り、一種のアーチ門をくぐってフライシュマルクト小路、さらにフライシュマルクトへと歩いていきます。そして毎朝同じことが一年ほども続きました。家を出るとき料理女が言います。あんたが家でどんなにお行儀が悪かったか、先生に言いつけてやるわ、と。それほど行儀が悪かったとも思えないのですが、ただ強情で無能、暗く短気な子供だったので、いつも何かしら先生に言いつけるのに打ってつけなことをしでかしてしまうのです。それが分かっていましたから、料理女の脅しは効きました。でも初めのうちは、学校への道のりは途轍もなく遠いし、途中でいろいろなことが起こるはずだ（この道のりが途轍もなく遠いはずもなく、そうした子供じみた楽観は、次第に例の、不安と目も虚ろとなるような深刻さに変わって行くのでした）と考えていましたし、また少なくとも旧市街広場にいる間、たしかにこの料理女は敬うべき人物ではあるが、それは家庭内だけの話にすぎず、そんな女が先生という世間的にも尊敬されている人物に話しかけるなどという大それたことがそもそも可能だろうか、という強い疑念を抱いていました。
　フライシュマルクト小路の入口あたりで……脅しに対する恐怖が優勢を占め……僕は哀願し始めるのですが、彼女は頭を振るばかり。何度も哀願するうちにそのことが本当に重要なことに思えてきて、危険はいよいよ大きくなります。僕は立ち止まって許しを乞います、彼女は僕を引っ立てようとし、僕は両親に話して仕返ししてもらうよと言って逆に脅しますが、彼女は嗤うばかり、ここでは彼女は全能なのです。僕は店の入口や縁石にしがみついて、彼女が許してくれるまで一歩たりとも動くまいとして、そのスカートを引っ張ったり（彼女も大変だったのです）したのですが、彼女は僕を引きずって先へ歩かせるのです。そんなこんなで遅くなってしまって、ヤーコプ教会からは八時の鐘の音が聞こえてきます。学校の始業の鐘も聞こえます。他の子たちが走り始め、僕も遅刻に対してはきわめて大きな不安を抱いていましたから、もう走らざるを得なかったのですが、走る間も《彼女は言う、彼女は言わない……》と頭の中でたえず考えていました。結局彼女は言いませんでした、一度も。でも言うかもしれないという可能性はいつも残していて、その可能性が次第に大きくなって行ったように見えました（昨日は言わなかったわ、でも今日はぜったいに言いますからね）。またそれを彼女が放棄することは決してありませんでした。

（ミレナ宛、日付なし）

ここに記されているルートはこうである。旧市街広場（スタロムニェスツケー・ナームニェスティー）からタイン小路（ティーンスカー）に入り、タイン教会を過ぎた後、左折してクライネ・シュトゥパ

フライシュマルクトに面した小学校

ート小路（マラー・シュトパルッカー）、さらにそこを右折してフライシュマルクト小路（マスナー）に入る。この小路の突き当たり、右手の建物が彼の通った小学校である。

小学校

カフカが一八八九年から一八九三年まで通った**プラハ旧市街ドイツ男子小学校**④（フライシュマルクト小路／マスナー一六番地）は、当時まだ比較的新しい建物で、フライシュマルクト（肉市場）に面していた（ただし校庭がなく、児童は休み時間も教室で過ごした）。カフカの級友の一人によれば、〈僕たちは吊り下げられた肉の傍らを通って行った。道の左側、ずらっと並んだ肉屋の向かいにチェコ系の小学校が見えてくる。その入口には「チェコ人の子供はチェコの学校へ」というコメニウスの言葉が掲げてあった。そこを過ぎると今度は右側に僕らの小学校が現れた〉。当時、民族間の対立は子供の世界にも及んでいた。チェコ系の生徒とドイツ系の生徒が殴り

合いの喧嘩になることも珍しくなかった。

ドイツ系小学校は現在は賃貸住宅になっている。チェコ系の方は今も小学校である（マスナー一一／一三番地）。

ギムナジウム

ドイツ語で授業が行われた**プラハ旧市街国立ギムナジウム**⑦は、

ギムナジウムの生徒,
13 歳の頃

旧市街広場（スタロムニェスツケー・ナームニェスティー）に面して建つキンスキー宮殿の、道路から見て奥の部分に入っていた。この建物の正面右側の部分には後にカフカの父の店舗も入ることになる（四五ページ）。

カフカがこのギムナジウムに通ったのは、一八九三年九月から卒業する一九〇一年九月までの期間だった。彼は常に不安につきまとわれていたようである。

その年の最終試験に受からないのではないだろうか、万一首尾よく行ったとしても次の級には進級できないのではないだろうか、万一それもうまく誤魔化せたとしても、最終的に卒業資格試験では落ちるに違いないのではないか、そしていずれにせよ次の瞬間にも、前代未聞のできの悪さが暴露されて、僕のうわべの刻苦勉励に騙されてきた両親ならびに世間の人々を仰天させるのは必至であると思われた。（日記、一九一二年一月二日）

実に真に迫った告白ではあるが、《前代未聞のできの悪さ》のくだりは真に受けるべきではない……。

旧市街広場，1896年。右端の建物がキンスキー宮殿で，ギムナジウムの生徒たちが利用した入口も見える。
左から3つめのゴルトハマーホテルが入っていた建物に，父の最初の店があった（43ページ）

ギムナジウムへは広場に面した建物の左側入口から入る。今は裏庭に立ち入ることはできない。

大学

大学が分割された（一八八二年）後、法学部の学生には**カロリーヌム**⑧が割り当てられた。ドイツ系学生はアイゼン小路（ジェレズナー）一一番地の入口から、チェコ系学生はオープストマルクト（オヴォツニー・トゥルフ）三番地の入口からそれぞれこの建物に入った。さらにカフカは一九〇一年から一九〇六年までオープストマルクト五番地の**法学ゼミナール**とフス小路（フソヴァ）二〇番地のクラム・ガラス・パレスの**国家学ゼミナール**でも学んだ。

これらの場所でカフカはローマ法の学説集成、法医学、財政学、国民経済学、統計学、国家学、私法、教会法、刑法、商法、国際法、法制史などの講義を聴いた。

また彼はカロリーヌムに隣接するドイツ国立劇場を始めとする

劇場や映画館、カフェ（一一五ページ）にも通い、**カフェ・ルーヴル**（フェルディナント通り／ナーロドニー二〇番地の二階）の討論会や、薬局の女主人ベルタ・ファンタ女史主宰の朗読の夕べにも参加した。この朗読の夕べは**一角獣館**《ツム・アインホルン》（旧市街広場／スタロムニェスツケー・ナームニェスティー一七番地の建物、ファサードの動物の紋章ともども良好な状態で保存されている。二六ページ）で開かれた。

また彼は（ドイツ民族主義的な《ゲルマーニア》とは対照的に）リベラルであった学生団体〈**プラハドイツ学生朗読講演ホール**〉の催しにも定期的に出席していた。時には彼自身が〈文学発表者〉を務めた。この団体は当初フェルディナント通り（ナーロドニー）一二番地（この建物は現存しない）を本拠としていたが、一九〇四年以降はクラカウアー小路（クラコフスカー）一四番地に移った。

一九〇六年六月十八日、ちょうど二十三歳になったばかりのフランツ・カフカは、カロリーヌムの講堂で法学士の学位を授与された。

カロリーヌムは今でも大学である。あなたが学生と同じくらいの年齢であるか、または教授と見まがうほどの重厚な風貌をお持ちであるなら、容易に学内を見学できる。

アイゼン小路から見たカロリーヌム。
奥はドイツ国立劇場のエントランスホール

クラカウアー小路にあった〈朗読講演ホール〉の室内

〈ワイン酒場時代〉の大学生カフカ

司法修習生時代

学位取得のための最終試験を受けていた一九〇六年夏、すでにカフカはある弁護士（リヒャルト・レーヴィ博士、旧市街広場／スタロムニェスツケー・ナームニェスティー一六番地）のもとで数カ月働いている。これは公務に就こうとする法学生に定められていた司法修習に一九〇六年十月から入るための準備であった。内容は六カ月間の民事裁判所での研修（一九〇六年十月から翌年三月まで）と同じく六カ月間の刑事裁判所での研修（一九〇七年四月から同年九月まで）である。該当する法学生は通例、裁判官のもとで文書研究を行い、訴訟手続きの業務を補佐した。

地方民事裁判所⑨は、オープスト広場（オヴォッツニー・トゥルフ一四番地）に面して建つ、美しいバロック様式のエントランスをもつ古い建物（ツェルトナー小路／ツェレトナー三六番地の角地）の中にあった。**地方刑事裁判所**⑩は、カール広場（カルロヴォ・ナームニェスティー）北側の新市街市庁舎（ヴァッサー小路／ヴォディチコヴァ）の中にあった。カール広場は後にカフカの好きな散策先のひとつとなった。

これらの建物はともに現存する。

FRANZ KAFKA BEEHRT SICH ANZUZEIGEN, DASS ER AM MONTAG DEN 18. JUNI D. J. AN DER K. K. DEUTSCHEN KARL FERDINANDS-UNIVERSITÄT IN PRAG ZUM DOKTOR DER RECHTE PROMOVIERT WURDE.

PRAG, IM JULI 1906.

一般保険会社（アシクラツィオーニ・ジェネラーリ）

一般保険会社《アシクラツィオーニ・ジェネラーリ》⑫が入っていたのはヴェンツェル広場（ヴァーツラフスケー・ナームニェスティー）に面する建物（ハインリヒ小路／インジシュスカー二九番地の角地）で、これは一九〇〇年に〈プラハ・バロック様式〉で建てられたものである。ここでカフカは一九〇七年十月から翌年の七月半ばまで働いた。

雇用に際して彼は医師の診断を受けねばならなかった（身長一メートル八二、体重六一キログラム、痩身、少年期のような外観）。そして彼は〈臨時雇い職員〉として採用される。《わずか八十クローネの俸給》で、《いつか遠い国で長椅子に座ること》を夢見て。

しかしその夢は早々に挫かれた。後にカフカは当時について、《どうにもひどすぎた……勤務時間が朝八時に始まり、夜の七時、八時、ときには八時半までも続くことがあった》と述懐している。わずか数カ月で彼は新たな仕事を探し始める。

プラハ・バロック様式のこの豪華なオフィスビルは、化粧しっくいの壺や寓意的な彫像ともども、今なお威容を誇っている。

〈一般保険会社〉の社屋
（1910年10月にカフカがマックス・ブロートに宛てて出した絵葉書）

商業専門学校

一般保険会社（前ページ）でのつらい仕事からできるだけ早く逃れようとして、カフカは一九〇八年二月から五月にかけての夜間、フライシュマルクト小路（マスナー）八番地の**プラハ商業専門学校**⑬の〈労働者保険講座〉に通う。これは明らかに**労働者災害保険局**（次ページ）に就職するための準備であった。商業専門学校では労働者災害保険局の三人の職員が教鞭を執っており、彼らは後にカフカの上司または同僚になる。

この学校は（現存する）三階建ての建物の二階、三階部分に入っていた。

フライシュマルクトに面した商業専門学校

労働者災害保険局

ポジチ七番地のボヘミア王国プラハ労働者災害保険局⑭の建物は、一八九六年にできたものである。この建物にカフカが初めて足を踏み入れたのは一九〇八年七月三十日のことであった。朝の八時だったが、その後はたいてい少し遅れて五階までの階段を駆け上ることになる。規定の終業時間は午後二時だったが、それより遅くなることが多かった。〈臨時雇い職員〉として採用されたカフカは、一九一〇年に事務職員に昇進し、一九一三年に書記官代理、一九二〇年には書記官、そして一九二二年には上級書記官となった。そして一九二二年七月一日に退職して年金生活に入る。

オーストリアに労働者災害保険が導入されたのは一八八九年で、各地域に組織が作られた。ボヘミア王国を管轄するプラハ労働者災害保険局はオーストリア帝国内でも最大の組織であった。最初の二十年間は赤字続きで、一九〇八年に改組された。そして同保険局は一九〇九年に発布された〈賃金リスト強制令〉によって、ようやく企業の慢性的な保険料滞納を割り出して納付を要求する手段を手に入れたのであった。労災事故の総数は当初さらに増えた

（一九一二年では六七万三二四〇の被保険者数に対して事故は九七五三件）もののの、一九一〇年には初めて黒字に転じた。

入社したての頃のカフカの担当業務は、企業を〈危険度〉別に分類することと、それに関連しての企業査察であった。その後、企業経営者からの抗議に対する異議申立文書の作成、保険局を代表しての法廷出席（保険料督促訴訟や損害賠償請求権の主張）、および事故防止関連業務（一九一〇年の文書、後出）などが加わった。

プラハ労働者災害保険局はカフカの頃、すでに二百五十名以上の職員を擁する巨大な組織であった。彼の所属する〈営業部〉（企業の危険度別分類、保険料および査察を業務とする）には七十名が在籍していた。カフカは数人いた部長代理の一人で、しかも三人の（アリバイとしての）ユダヤ人職員の一人であった。会社の運営はほぼすべてドイツ系職員の手に握られ、残りの職員のうちの圧倒的多数はチェコ語を話した。

カフカの仕事ぶりは上司から高く評価されていた。局内では誰からも好かれ、敵は一人もいなかった。しかし何年か経つうちに労働者たちの運命が彼の心に重くのしかかることになる（《こうした人たちは何て控え目なのだろう。彼らは保険局に請願に来るのだ。押し掛け

てきて何でも手当たり次第ぶちこわすかわりに》)。オフィスは彼にとってますます《恐るべき》場所となる。というのも《ろくでもない書類のために》彼の文学活動が妨げられるからである。

保険局の建物は今は家電工場になっているが、奥に通じる入り組んだ通路、玄関のところと建物の奥の部分に設置された階段吹き抜け、そして中庭、二箇所の玄関(左側にはハプスブルク帝国の双頭の鷲、右側にはボヘミアを象徴する獅子の紋章が象られている)などを含めて、ほぼ良好な状態で残っている。右側の玄関にはカフカにはおなじみの管理人室がついている。入社したての数年、カフカの部署は五階にあったが、後に(おそらく一九一三年以降)二階に移った。中央のバルコニーのついたフロアと右端のフロアのどちらかということまでは分からない。その気のある方は隣接するホテル(当時すでに隣の建物はアングレテレという名のホテルだった。現在はホテル・アトランティックと改名)に泊まって、壁に耳を当ててみるとよいだろう。

プラハのオフィス，1907年

労働者災害保険局，1914 年。
右上はその公印。左隣の建物に，映画館〈ビオ・エリート〉（123 ページ）の入口が見える

フランツ・カフカ「木材平削り盤における事故防止マニュアル」

下の図は角形シャフトと円形シャフトの相違点を安全技術上の観点から示したものである。角形シャフト（図1）のブレード（刃）はシャフトに直接ねじ止めされており、むきだしの状態で毎分三八〇〇ないし四〇〇〇回転で回転する。ブレードの付いたシャフトと作業面との間のスペースが大きいので作業員への危険は明らかである。したがってこのタイプのシャフトでは、危険を知らずに作業していて深刻な事態を招いてしまうか、絶えず危険を自覚しながらもそれを回避できずに事故に遭ってしまうかのいずれかである。注意深い作業員であれば、作業中、つまり木材を平削りブレードの上に押し出す際に、指を決して木材より前には出さないようにするだろう。しかしどれほど用心しても根本的な危険の前に

(1)

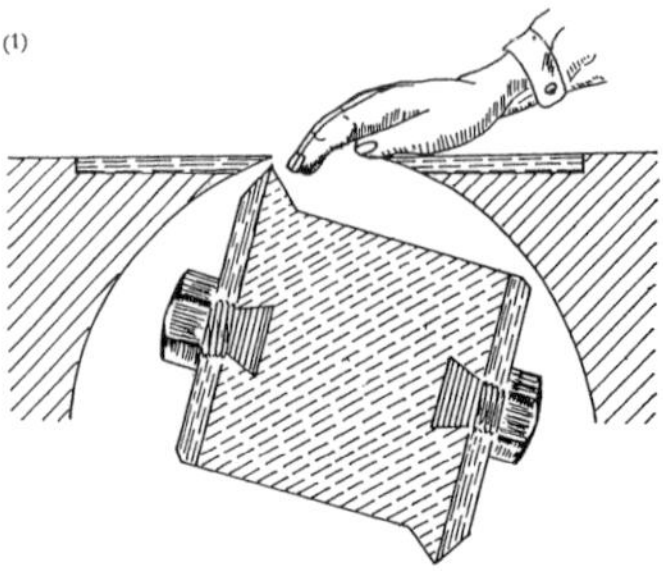

は無力である。手を滑らせたり、あるいは一方の手で削る木材を作業台に押さえつけながらもう一方の手でそれをブレードシャフトに送り出すとき、往々にして起こることであるが、木が跳ね飛ばされたりすると、どれほど慎重な作業員でもブレードの回転する隙間に手を入れてしまう。木材がそのように跳ね上がったり、跳ね飛ばされたりすることは予測も防止も不可能である。というのもこれは、木材にどこか反っていたり節になっているところがある、ブレードの回転速度が不十分である、ブレードが正しく取りつけられていない、木材にかかる両手の力が均等でない、などの理由で容易に起こりうるからである。いったんそのような事故が起きると、複数

(2)

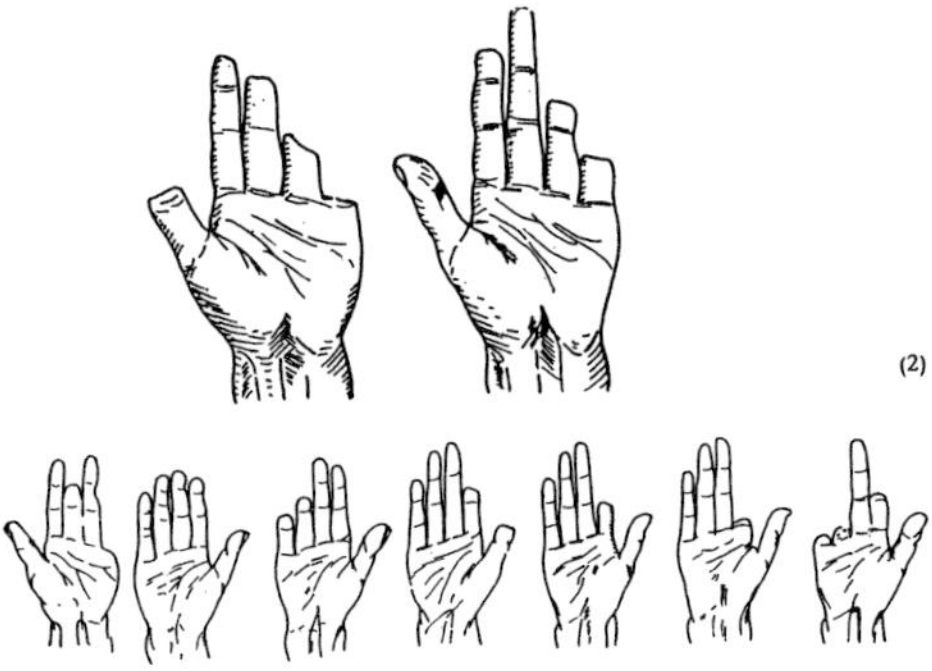

の指、場合によってはすべての指が切断されてしまう（図2）。

　この角形シャフトに対する円形シャフトの例としては、図3及び図4に示すボフミル・ヴォレスキー機械工業（プラハ、リーベン区）の安全シャフトと、図5及び図6に示すエーミール・マウ＆Co. 機械工業（ドレスデン）のシュラーダー式木材平削機用オリジナル安全シャフトが挙げられる。

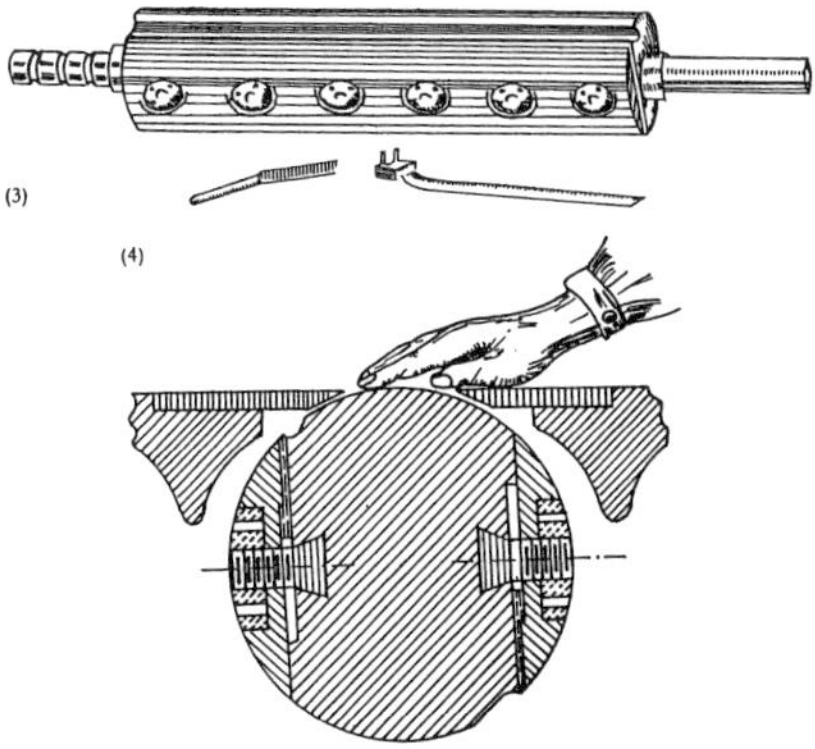
(3)
(4)

　これらのシャフトではブレードが、フラップ（ヴォレスキー社製シャフト）またはウェッジ（パテント・シュラーダー社）とシャフト本体との間に完全に保護される形で埋め込まれている。固定されておりいかなる力の影響も受けず、またブレードが突き出すことも抜けて飛ぶことも、そして曲がることもあり得ないのである。万一破損した場合でも、ねじが飛ぶような事態は可能な限り

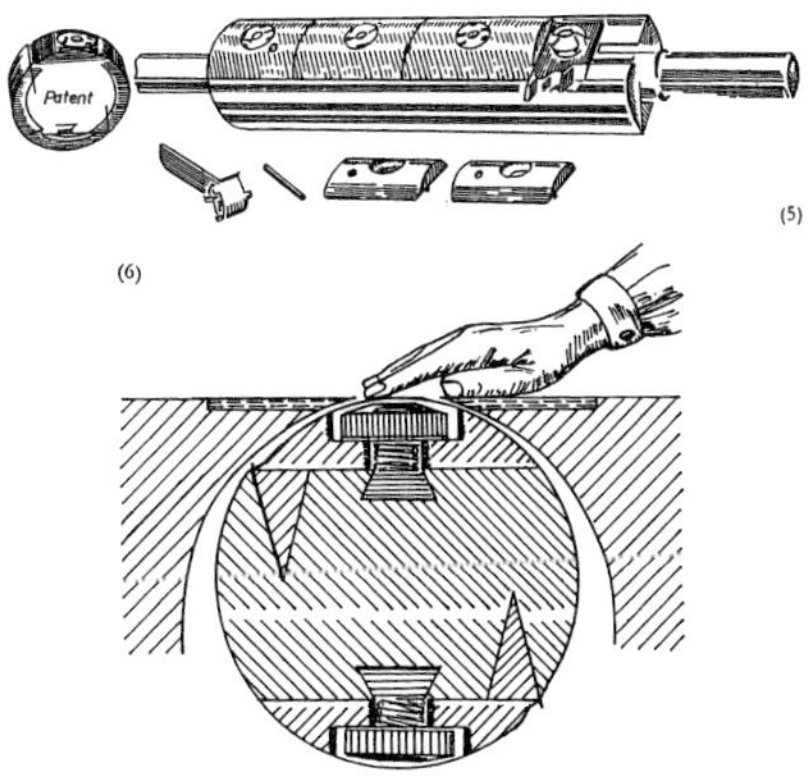

(5)
(6)

防止される。というのもこれらのねじは丸ねじで、フラップの凹部深い位置にあり、さらにパテント・シュラーダー社のものでは角形シャフトのねじよりもはるかに負担が少ないからである。角形シャフトではねじがブレードを自ら固定しなくてはならないのに対し、円形シャフトではねじはフラップだけをウェッジに固定すればよい。しかもこれらのフラップは両端部では固定されて載っているのに対し、他のところでは図からは見えないが空隙によってシャフト本体から分離されているため、それはますます容易なのである。

　しかし安全技術上最も重要なことは、ブレードの刃先だけが出ているということ、さらにかなり薄くすることができ、しかも折損の危険がないということである。

　ここに挙げた製品により、指が機器の隙間に入るという深刻な危険は回避され、また万一それが起きたとしても、ケガは切り傷程度の軽いもので済み（図7）、作業の中断にすら至らないという効果が得られる。

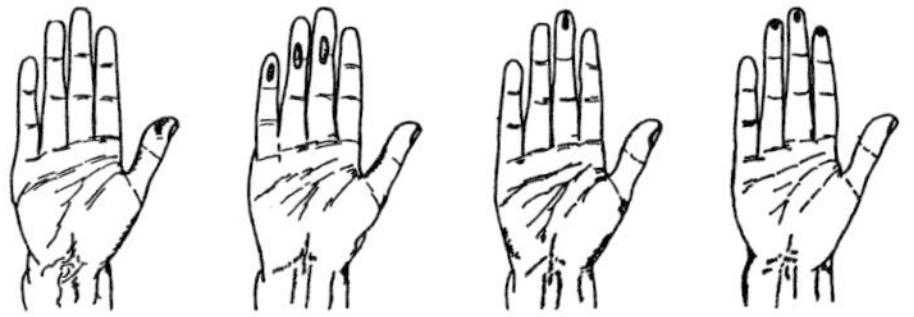

(7)

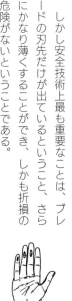

お気に入りの散歩道

BARVY, LAKY A ZBOŽI MATERIALNI.
FARBEN, LACKE u. MATERIALWAAREN.
JOS. SUCHÝ.

カール小路，1900 年

カフカはたいへんな散歩好きで、街をインディアンのように駆けめぐった。彼は休日や夕暮れ時、あるいは夜間に何時間も歩いた。これは明らかに彼の書法に対応していた。ほとんどメモや下書きなしで長い間頭の中で準備して、《僕が頭の中にもっている恐るべき世界》を彼はたいてい夜中に《一気呵成に》書きつけたのである。《ただこのようにしてのみ書くことができるのだ》と彼は『判決』での初めての成功の後で日記に書いている。《ほんのわずか書いただけで僕の中に湧き上がる確乎とした気持ちは疑いのないものであり、驚くべきものである。昨日僕が散歩の時にあらゆるものに目を向けた、あの眼差し！》。

以下、カフカが特に気に入っていた散策ルートを三本紹介しよう。

妹オットラとオッペルトハウスの前で，1914 年

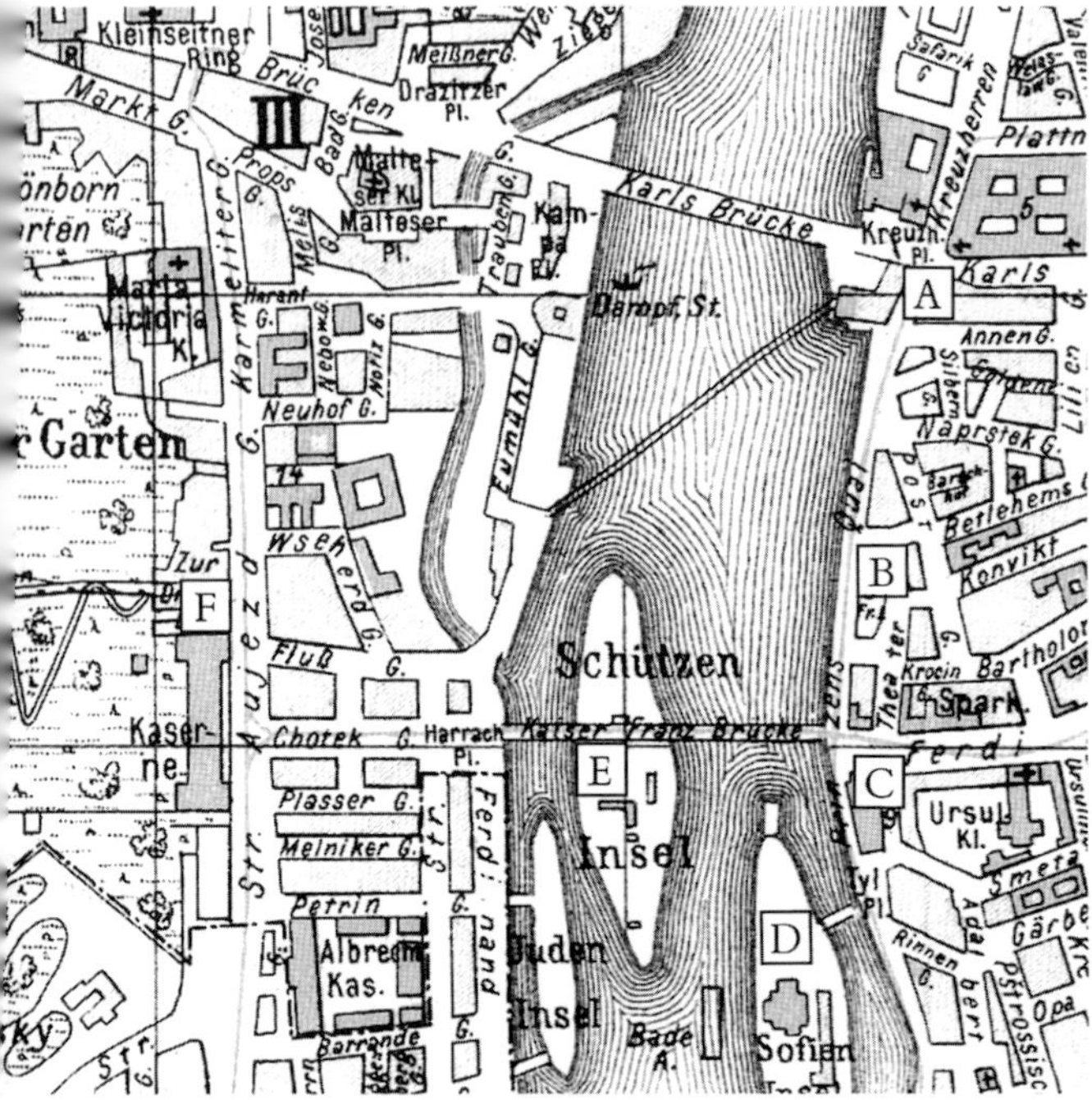

1　ラウレンツィ山へ

プラハっ子にとっておなじみの山である**ラウレンツィ山**（ペトシーン）。この山にカフカはギムナジウムの生徒だった頃に登っている。現存する最初期の断片『ある戦いの手記』には、冬のある晩、街を通り抜けラウレンツィ山に散歩に行く場面が出てくる。最初のページで我々はすでにカール橋のたもとの**クロイツヘレン公園**A（クシジョヴニツケー・ナムニェスティー）にいて、一八四八年に設置されたカール四世の立像を見ている。彼は初のドイツ系大学を創設した王である。立像の足下に四つの学部が並び、右の建物が法学部棟であった。かつて法学部の学生フランツ・カフカが立った（一九〇四年）場所で、彼は超現実的な主人公にこう言わせている。

私はふらついていたので、自分の足場をしっかりさせるためにカール四世の立像をしかと見据える必要があった。けれども月の光がおぼつかず、カール四世も揺れ始めた。私はたいそう驚いたが、自分が落ち着いた姿勢をとっていなくてはカール四世がくずおれてしまうかもしれないと不安になり、そうすると私の脚は見違え

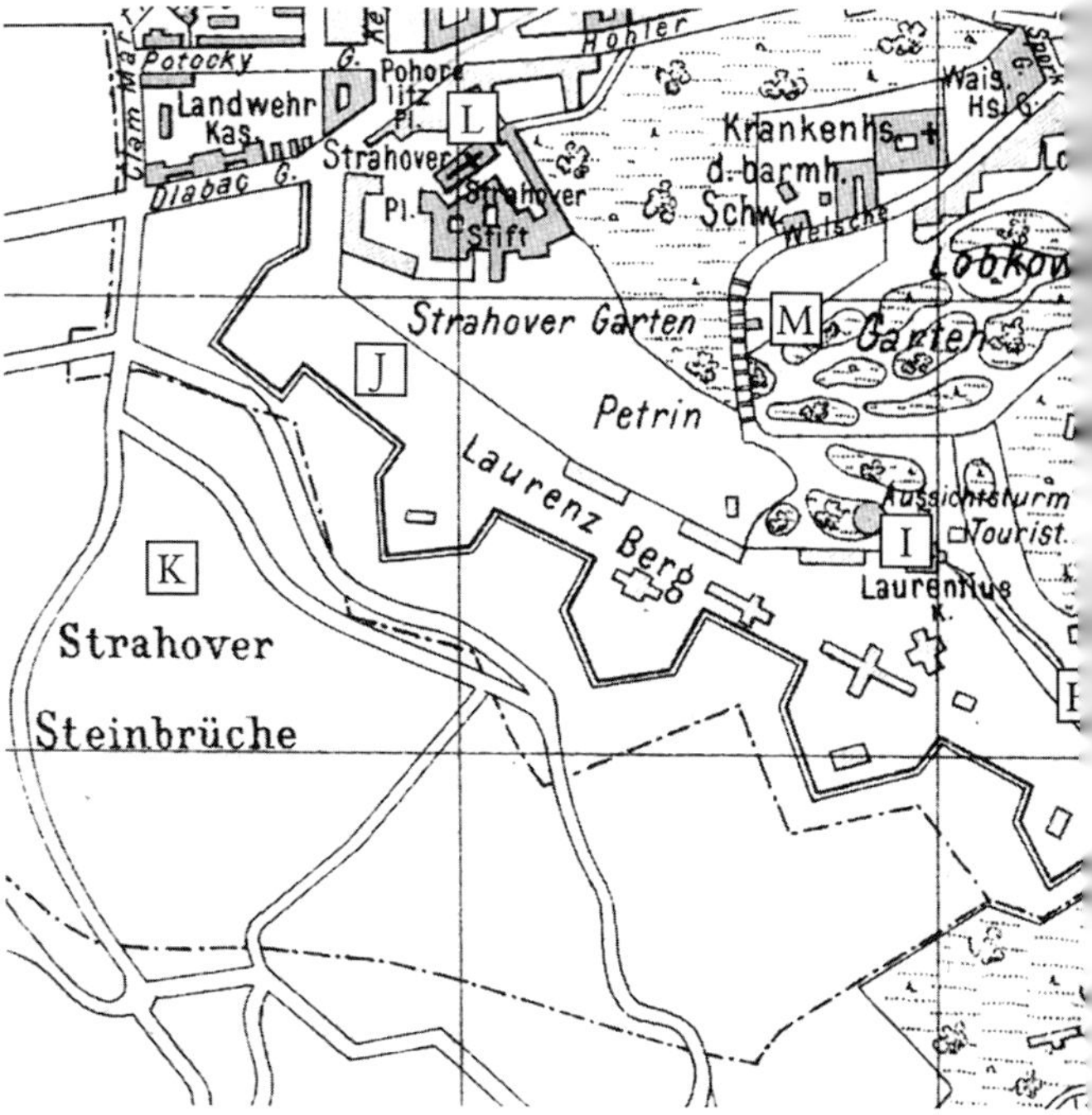

るほどしっかりしてきた。後になって私の努力が無駄だったことが分かった。というのもカール四世はどっちみち倒れてしまったからだ。……でも後で人から、舗道の上で泳ぐことなら誰にだってできるし、わざわざ話すほどのことでもない、などと言われないように、私は一定の速度で体を浮かして欄干を越えると、宙を遊泳しながら、並び立つ聖人像の周りを回り始めた。

この若者にはそのままカール橋の聖人像の周りを遊泳してもらい、我々はモルダウ上流側のフランツ河岸通り（現在のスメタノヴォ・ナーブジェジー）の方に歩いて行こう。通りの中ほどに**フランツ皇帝記念像**Bが立っている。最上部に皇帝、その隣と下にさまざまなアレゴリー像が配置されていた。一九一八年に皇帝像が撤去され、今は空位となっている。一九二〇年のカフカのコメントは明らかにそのことを指している。

かつて彼はあるモニュメンタルな群像の一部を成していた。中央のどこか一段高いところに軍人階級、諸学諸芸、職人のそれぞれを象徴する彫像が周到に考えられて配置されていた。これら多くの彫像のひとつが彼だった。今ではこのグループはとうに解消されてしまったか、あるいは少なくとも彼が離脱して、独り我が道を行ったかである。　（「彼」、『ある戦いの手記』に所収）

さて今度はフェルディナント通り（ナーロドニー）を渡って、**チェコ国民劇場**［C］（大半のプラハ・ドイツ人とは違ってカフカはこの劇場を敬遠しなかった）の前を通り、美しいユーゲント様式の家々の立ち並ぶリーガー河岸通り（現在のマサリコヴォ・ナーブジェジー）に出よう。右手に現れる小さな橋（これも以前は有料の橋だった）は、**ゾフィー島**［D］（現在のスロヴァンスキー・オストロフ）に通じている。

カフカはゾフィー島までよく足をのばした。ここには美しい公園やレストランがあり、舞踏会や講演が行われるホール（カフカはここでホーフマンスタールの講演を聴いた）や温水プール、そしてモルダウ河畔に設置された〈スイミングスクール〉まであって、〈チェコ上流階級に人気のスポット〉であった。一九二〇年に彼はここで起きたある出来事を、嬉しそうに女友達のミレナに報告している。あろうことかプールの責任者が保険局書記官である三十七歳のカフカ氏を呼び止め、さる建築会社の経営者をボートに乗せて

モルダウの向こう岸まで渡してもらえないかと尋ねたのだ。カフカを少年と間違えて《ただでボート漕ぎの楽しみを味わわせて》やろうとしたのだった。そのうえスイミングスクールのオーナーである《大男のトルンカまでやって来て「君は泳げるのか」と訊いた》という。「少年」は快諾し、残念ながらチップまでは貰わなかったものの、あっという間に向こう岸まで漕いで戻り、実に久しぶりに《誇らしげに顔を輝かせていた》。

リーガー河岸通りを戻って、今度は一九〇一年にフランツ・ヨーゼフ皇帝によって開通式が行われたフランツ皇帝橋（現在はモスト・レギイー）を渡ろう。橋の中央には**射撃島**［E］（ストシェレツキー・オストロフ）に下りてゆく石段がある。ここは北側に公園、南側に飲食店と射的場のある川中島で、プラハ・ドイツ人の集まる場所であった。

大通りはまっすぐ延びてアウイエッツト小路（ウーイェズド）につながる。ここを右折して最初の路地（ウ・ラノヴェー・ドラーヒィ）を左に入ると、一八九一年に開通したラウレンツィ山山頂行きロープウェイの発着駅［F］に出る。眼の前に広がる景色はと言えば、ほどよい傾斜で一部段状をなしている草原と、そこに鬱蒼と生い茂

1901 年の完工直後のフランツ皇帝橋。中央に射撃島，後方にラウレンツィ山と展望タワーを望む

射撃島にて。カメラマンの前で整列する射撃協会のメンバー，1890 年頃

ラウレンツィ山からの眺め（1890年頃）。射撃島を跨いで古いフランツ皇帝橋が架かる。後方には国民劇場とゾフィー島（右）が見える。右前方は飢えの壁

城の坂道からホーラー・ヴェークとストラホフ修道院を望む

る木々（果樹も多い）である。ここが**ゼミナール庭園**[G]（セミナーシュスカー・ザフラダ）である。左手には一三六〇年に築造された〈飢えの壁〉が見える。カフカが一九一七年に小説『支那の長城』を書いたとき、この壁が彼にインスピレーションを与えた。

その三年後の一九二〇年に彼はある体験を想起して書いている。それは大学生か、ことによるとギムナジウムの生徒だった頃にラウレンツィ山の中腹で彼を襲った体験で、その後の彼の美学に決定的な影響を残すものだった。

もう何年も前のことになる。僕はたぶんとても悲しい気分でラウレンツィ山のベンチに座っていた。自分が人生に対して抱いていた願望を吟味していたのだ。もっとも重要で魅力的な願望は、人生の展望を得ること（そしてそれと不可分であるが、その展望を文字にして他人に納得させること）だった。この展望においては人生が自然のままの重い降下と上昇をもち、しかも同時に少なからぬ明瞭さをもってひとつの無、ひとつの夢、ひとつの浮遊として認識されるのだ。正しく願っていたならば、それは美しい願望だったかもしれない。たとえば痛ましいほどまっとうな職人技で

ハンマーを打ち付けてものを組み立てていながら、しかも同時に何もしていないというような願望として。しかも《彼にとってハンマー打ちは無である》と言われるような形ではなく、《彼にとってハンマー打ちは本当のハンマー打ちであり、同時に無でもある》というような形で。当然それによってハンマー打ちはいよいよ大胆かつ決然としたものとなり、いよいよ現実的になってくるだろう。お望みならいよいよ狂気じみてくると言ってもよい。

しかし彼にはそのように願うことはまったく不可能だった。というのも彼の願望は願望などではなく、単なる防御、無の世俗化であり、無に対して彼が与えようとした陽気さの名残に過ぎなかったからだ。当時彼はまだ無の中へ自覚的な一歩を踏み出してはいなかったが、無が自分の要素であることはすでに気づいていた。それは当時の彼が青春という仮象世界に告げた一種の別れだった。ちなみに青春は彼を直接欺くことは一度もなかった。しかしまわりのすべての権威者の口を通じて彼を欺かせたのであった。（「彼」）

あなたがすでに青春に別れを告げた年齢に達していて、ロープウェイを利用したい場合でも、途中駅で降りて当時から人気のあ

ったレストラン「ハーゼンブルク」H（ネボジーゼク）に寄ってから、展望タワーのあるラウレンツィ山山頂Iまで歩くことをお薦めする。山頂からはカフカゆかりの道や場所の多くが一望できる。

フラチャヌィからの帰路としては選択肢がふたつある。ひとつは山の稜線の小径をずっと辿る、つまり「飢えの壁」づたいに歩くルートである。左手に目をやると木立を透かしてかすかにストラホフ採石場（現在はストラホフ・スタジアム）が見える。『訴訟』の最終章でヨーゼフ・Kが連行される場所である。《小さな採石場は人気もなく荒れ果てていた……》。

右手にはストラホフ修道院Lがある。官吏カフカの人事記録もここの収蔵庫に保管されている。ホーラー・ヴェーク（谷あいの道、ウーヴォス）と一八九五年頃までシュポルナー小路と呼ばれていたネルーダ小路（ネルードヴァ）を辿って行くとカール橋に戻ることができる。

もうひとつのルートは、有名なエーヴィゲ・シュティーゲM（永遠の階段、現ペトシーンスケー・スホディ）を通って戻り、ヴェルシェ小路（現ヴラシュスカー）に入り、**シェーンボルン宮殿**（六八ページ）

の前を通ってマルクト小路（現トゥルジシュチェ）経由でカール橋に戻るルートである。

ネルーダ小路。プラハ初の自動車，1898 年

ゼミナール庭園からの，カール橋（中央）とタイン教会の眺め。
左手にシェーンボルン宮殿内の公園に建つグロリエッテの一部が見える

2　ベルヴェデーレ経由でホテク公園とクラインザイテ地区へ

この散策ルートはカフカにとってプラハで《最も美しい場所》を通るルートである。**ツム・シッフ館**Ａ（四六ページ）から始めるのがよいだろう。現在はホテル・インターコンチネンタルになっているが、ここはとりもなおさず『判決』が書かれた場所であり、主人公ゲオルク・ベンデマンがぶら下がったチェフ橋（ニクラス橋）の欄干も見える。

お薦めは、ぶら下がっている彼の前を通って橋を渡り、上り坂を直進して**ルドルフ皇太子公園**Ｂ（現レテンスケー・サディ）に行くルートである。ここは一般に**ベルヴェデーレ**（後述のベルヴェデーレ宮殿とは別物である）と呼ばれた地区で、カフカもその言い方にならっている。新しい石段を上ると高台に出る。そこにかつて短期間であったが、巨大なスターリン像が立っていた。

もうひとつの案としては、ゲオルク・ベンデマンにはやはりぶら下がったままでいてもらって、右側のモルダウ下流方向へ折れて、フランティシェクＣを通ってエリーザベト橋またはフランツ・ヨーゼフ橋と呼ばれた橋（現在はシュヴェルム橋）を渡り、そこから

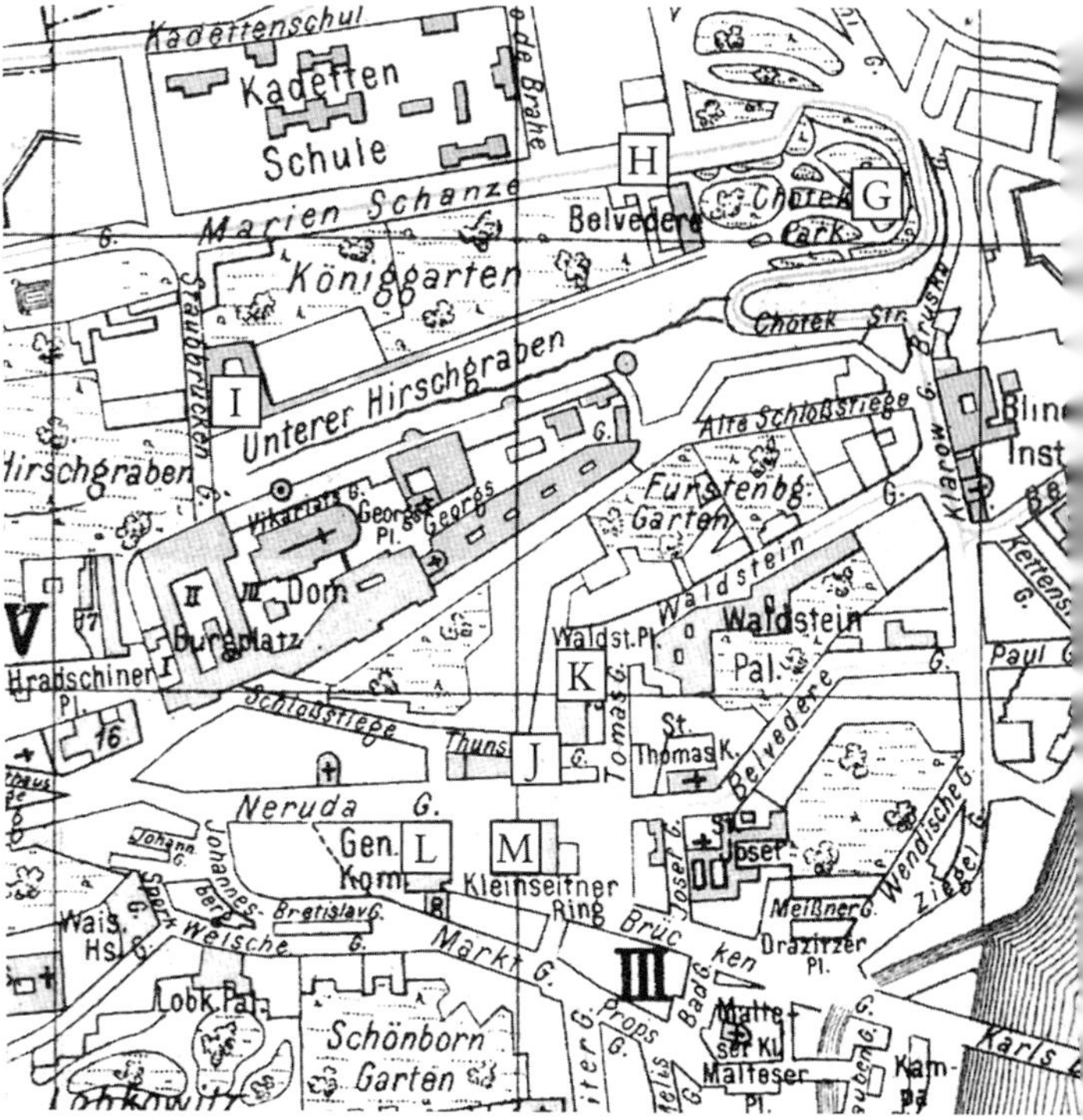

左か右のトンネルをくぐり抜けてベルヴェデーレ公園に至るルートもある。かつてはモルダウ河畔にカフェハウスが一軒、上の高台に大きなレストランが一軒あった。高台へは水力式の瀟洒なロープウェイDを利用することもできた。

ベルヴェデーレの高台からはフラチャヌィ方向に進み、テニス場前を通って前述のきわめて醜悪な〈スターリン丘陵〉に出る。

そこからさらにベルヴェデーレ公園内を進むと、往時のままに美しく修復されたあずまや（グロリエッテ）に出る。これは百年前にハーナウ侯なる人物がプラハ市に寄贈した建物で、ハーナウ・パヴィリオンE（ハナフスキー・パヴィリオン）と呼ばれている。そこは今もカフェで、バルコニーからの素晴らしい眺めを味わうことができる。

左手にはチェフ橋、その手前に**市民スイミングスクール**F（四八ページ）があり、そして正面には新しい大学校舎がいくつか並び、その右隣には**ルドルフィーヌム**O（一一八ページ）が見える。以前は歩行者用の鉄橋（ケッテンシュテーク）が架かっていたが、一九一二年に取り壊されて現在のマーネス橋Nとなった。さらに右手後方にはカール橋と国民劇場も見える。バルコニーから見て右下にはストラカッシェ・アカデミーがあり、かつてはその前方に軍用スイミングスクールがあった。

ハーナウ・パヴィリオンからさらにベルヴェデーレ公園をゴーゴリ通り（ゴゴロヴァ）方向に進む。すると左手にホテク公園に通じる歩行者用の小さな橋が現れる。これは新しく造られたもので、以前は（現在かなり交通量の多い）ホテク通り（ホトコヴァ）を直接横断して門から公園に入っていた。

ホテク公園G はカフカにとって《プラハで最も美しい場所である。小鳥たちの囀り、ギャラリーを併設する宮殿、去年の葉をつけたままの老木と小暗い木陰》。この《ギャラリーを併設する宮殿》とは、有名な〈イタリア様式の〉**ベルヴェデーレ宮殿**H（建造は一五三八年から六三年）のことである。宮殿の裏手が王の庭（クラーロフスカー・ザフラダ）で、そこには〈歌う泉〉がある。

王の庭の前を通り、かつて〈昼の号砲〉が打ち上げられたマリーエン・シャンツェ（マリアーンスケー・フラドヴィ）に沿って進み、突き当たりで宮殿中庭に通じる道を左に曲がる。そしてヒルシュグラーベンI（イェレニー・プルシーコプ）を通って行く。**錬金術師**

ベルヴェデーレに完成したハーナウ・パヴィリオン，1898 年

ハーナウ・パヴィリオンからの眺望，1911 年。左手はチェフ橋とツム・シッフ館。右手にはケッテンシュテークと新しいマーネス橋の基礎が見える。後方はカール橋

小路（六四ページ）の小さな家からカフカはこの通りを見下ろすことができた。

（左へ、左へと曲がって行くと）その小さな家に彼を訪ねることができる。長編『訴訟』のドームの章に敬意を払ってファイト大聖堂の内陣を見学し、そこから旧シュロスシュティーゲ（六五ページ）を通って市内に戻ることもできる。

あるいは宮殿を（右方向に）横切って衛兵を見物して（《僕は宮殿の第一中庭の真ん中に立って、衛兵が非常呼集される様子を眺めていた》）、新シュロスシュティーゲ（ザーメツケー・スホディ）経由で、当時政治権力の中心であった**クラインザイテ広場**（マロストランスケー・ナームニェスティー）に出てもよい。ここには長官府J（カフカ言うところの《シオン城》）、ボヘミア州議会K、帝国総司令部（または部隊司令部）L、上級地方裁判所Mがあった。愛国精神あふれる巨大なラデツキー像も立っていたが、新生チェコスロヴァキア共和国誕生の年に撤去されてしまった。

もちろんカフカは散歩でここを訪れた（トゥーン宮殿の泉を見、盲目の友人オスカル・バウムとラデッキー・カフェに入った）だけでなく、仕事で来ることもあった。上級地方裁判所に異議申立ての件で来たり、長官府に出向いて労働者災害保険局の法務代表を務めたりもした。

ヨーゼフシュタットに戻るには、ベルヴェデーレ小路（レテンスカー）を通って、当時〈ケッテンシュテーク〉の後に新設されたマーネス橋Nを渡り、さらにザルニーター小路（現在の第一七リストパドゥ）を通って進む。**ルドルフィーヌム**O（左側）と**工芸美術館**P（右側）が見えてくる。カフカは同美術館の閲覧ホールを好んで利用した（一一八、一二一ページ）。

あるいはクラインザイテ広場からカール橋を渡るルートを辿って旧市街に戻ることもできる。

あるときカフカはこの散策ルートを簡略化したルートについて日記に記したことがあった。《偶然僕はいつもとは逆の道順で歩いた。つまりケッテンシュテーク、フラチャヌイ、カール橋というコースだ。いつものコースだと文字通り倒れんばかりに疲れてしまうのだが、今日は逆のルートを歩いて、いくぶん高揚している》。

ホテク公園と
ベルヴェデーレ宮殿

ベルヴェデーレにて

ケッテンシュテークとルドルフィーヌム（左）

3　バウムガルテンとトロヤ地区へ

《バウムガルテンへ行こう……あそこには音楽があり……歓声が上がり、並木道には手廻しオルガンの演奏がある……》もしもあなたがカフカの小説『ある戦いの手記』の主人公の提案に従って、今も昔もプラハっ子に最も人気のある行楽地、バウムガルテンに行ってみたいと考えるなら、昔ながらの彼らの流儀にならって路面電車を利用しよう。当時は鉄道馬車だったが、まもなく現在のような電車になった。ヨーゼフ広場（ナームニェスティー・レプブリキィ）から五番線に乗ってバウムガルテン入口[A]まで行くのが一番便利である。

バウムガルテン入口の右側には、第一回ボヘミア万博（一八九一年）とその後の時代に建てられた建造物群がみごとに修復されて並んでいる。左側が本来の**バウムガルテン**（ストロモフカ）で、〈連日午後、好天に恵まれて軽音楽の野外演奏が可能なときには、プラハの上流階級が内装の立派なカフェレストラン[B]に三々五々集まって来た。木陰に覆われた大通り、美しい草地、迸る泉水と花壇。百種を超える木々には小さなプレートがつけられ、ラテン語、

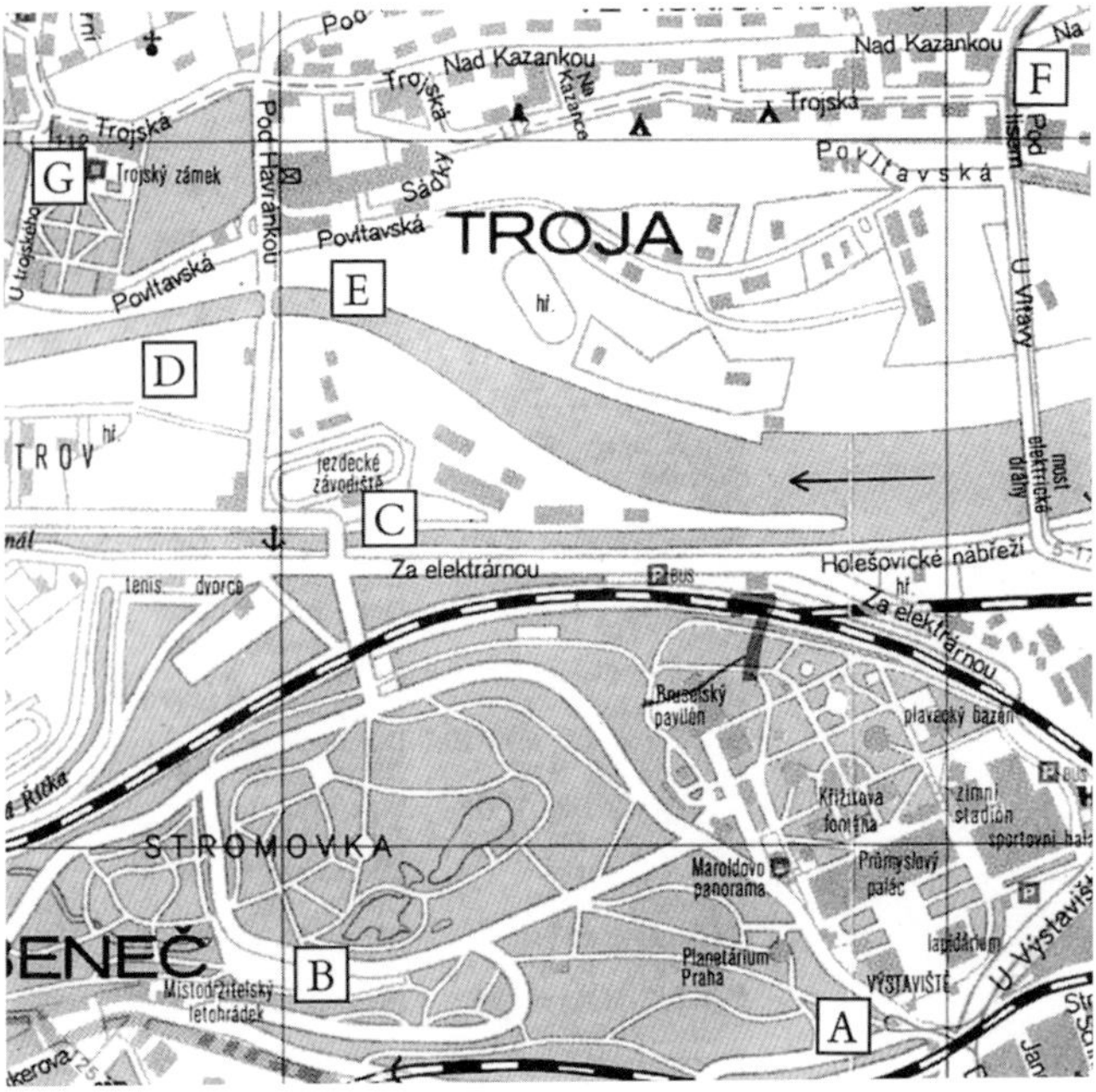

チェコ語、ドイツ語で樹木名が併記されていた〉。

　カフカもよくここを訪れた。《レストラン》に入り《池のほとりで演奏に耳を傾けた》。妹のオットラと一緒のときもあれば、友人知人と連れだってのときもあった。

　また彼は散歩の折に、バウムガルテンを抜けて小運河橋Cを渡り、**皇帝島**（カイザーインゼル）D（ツィーサシュスキー・オストロフ）まで足をのばすこともよくあった。彼の足跡を辿りたい人は、動物園（ゾオロギツカー・ザフラダ）まで続く道しるべに従うとよいだろう。

　保険局書記官カフカは草むらに寝そべることが好きだった。《先日そこに寝ころんでいたとき、仕事でときどき一緒になるかなり上品な紳士が二頭立ての馬車に乗って、さらに上品な人々が集まる祝宴に出かけるのを見た。僕は手足を伸ばして、没落の喜び（もちろんただ喜びだけだった）を感じていた》。彼は皇帝島にもこうした秘密の場所を見つけた。

　ここの近くの、バウムガルテンの裏手にあたるところで路肩が高くなっていて、そこにこぢんまりとした森があります。僕はこ

の森の入口で寝ころんでいるのが好きです。左には河が見え、かなたには木々のまばらな丘陵が、そして僕の真向かいには丘がひとつ、離れ小島のようにうずくまっています。その丘には誰かがこの景観にそっと置いたようにして古い家が一軒あって、それが僕には子供の頃から不思議でした。僕の周りを緩やかな地形がうねるように囲んでいました。

（フェリーツェ宛、一九一六年八月九日）

　おそらくこれは皇帝島を横切る大通りに面した一角のことだろう。この大通りは一九八四年まではフェリー（現在は歩行者専用の橋）で対岸の地区やトロヤ城と結ばれていた。

　カフカがフェリーで渡してもらっている間に、我々は歩行者用の橋を渡って対岸で彼を待とう。時は一九一六年、カフカの傍らには妹のオットラがいる。

　僕たちはすてきなふたつの場所に行ってきました。これも僕が先日見つけた場所で、やはりトロヤ城の近くですが、例の森の入口よりはるかに美しいところです。一方は草深い場所にあって、低

い土手が不規則に近づいたり遠のいたりしながら周りを取り囲み、恵みの太陽が光を降り注いでいます。もう一方の場所もその近くで、変化に富んだ景観をもつ深く狭い峡谷です。ともに人間が追放された後の楽園のように森閑としています。僕は静けさを破ろうとしてオットラにプラトンを読んで聞かせ、妹は僕に歌を教えてくれます。僕は喉のどこかに黄金を隠し持っているに違いありません。よしんばそれがブリキのような音しか出さないとしても。

（フェリーツェ宛、一九一六年九月十日）

一九一八年にカフカは果樹園芸研究所で庭仕事をするため、定期的にトロヤ地区に出かけていった。都会人カフカは以前から土いじりに憧れていた。一九一三年にはヌスレの庭師（スルーパー小路／ナ・スルピ一九番地）のところで働いている。一九一七年の秋から一九一八年春まではオットラを手伝ってツューラウ（ボヘミア北西部）の《小さな地所》で庭仕事をした。

果樹園芸・ブドウ栽培・造園術研究所は〈帝立兼王立ボヘミア王国愛国経済協会〉によって少し前に創設されたばかりの、〈実践的な園芸技術を習得したいと思う人々のための研修機関〉であっ

た。これは（パレスチナ移住への準備という意味合いも含めて）まさにカフカの願うところであった。カフカはしばしば同所に彼を迎えにきたマックス・ブロートに対しても、農作業のメリットを説得しようとした。

幸運にも果樹園芸研究所の建物は、いくぶん老朽化が目立つものの今でも残っている。トロイスカー通りとポド・リセム通りの角Ｆの建物である。

帰りは一一二番のバス（ホレショヴィツェまで、そこからは地下鉄）に乗ってもよいし、**トロヤ城**とその向かいの動物園まで行って、そこから同じバスに乗ってもよい。トロヤ城の下の船着き場から出る船に乗ってプラハに戻ることもできる。

バウムガルテン行きの鉄道馬車，1890 年

フランツ・ヨーゼフ橋の上を走るバウムガルテン行き路面電車，1910 年頃

トロヤの果樹園芸研究所，1900 年～ 1905 年頃

文学にゆかりのある場所と娯楽施設

衆議院（右）と弾薬塔（中央）。
左奥はツム・グラーベンの角の家。1 階にアンドレー書店が見える（1915 年頃）

カフカは人並みに劇場に通い、講演会に出席した。熱心に映画館通いをする時期もあった。図書館は頻繁に利用し、書店の品揃えを冷やかす客であった。学生時代にはワイン酒場に幾晩も入り浸り、飲んだ後でカフェに行くこともあった。泳ぐことと漕ぐことが上手で、郊外への徒歩旅行を好んだ。彼は故郷プラハで一度だけ自作の朗読を行っている。

次に現存する施設をいくつか紹介しよう。

劇場、講演ホール

前述の**ドイツ国立劇場**（七九、一二四ページ）にはカフカはめったに行かなかった。やはり前述したチェコ系の**国民劇場**（九六ページ）

にはときおり出かけていった。特に足繁く通ったのは、市立公園内（ウィルソノヴァ八番地）のアンゲロ・ノイマン総監督率いる有名な**新ドイツ劇場**（現在のスメタナ劇場）である。

この劇場で彼はシュニッツラーの『広い国』やハウプトマンの『ビーバーの毛皮』、ヴェーデキントの『地霊』（ヴェーデキント自身が主役で登場）、マックス・パレンベルク、アルベルト・バッサーマンなどを観た。

しかし一九一〇年から一二年にかけての時期にカフカが最も頻繁に通った劇場は、そもそも劇場とは呼べないような場末の酒場**カフェ・サヴォイ**⑰だった。ツィーゲン小路とシュトックハウス

イディッシュ劇の俳優,
イツホク・レーヴィ，1913 年

小路の交わる角（コジー／ヴィエゼニュスカー）にツィーゲン広場に面して建っていたこのカフェでは、ユダヤ劇団が出演していた。カフカはここで行われた公演に通い詰め、最新のイディッシュ劇に触れたのであった。彼の日記には劇の内容、俳優たち、演出法についてのコメントが百ページ以上にわたって綴られている。また彼は俳優のイツホク・レーヴィと親交を結び、週に何度か会ってポーランドのユダヤ人の暮らしぶりを教えてもらったり、イディッシュで書かれた詩を朗読してもらったりしている。

　この酒場は現存する。今も飲食店のままで、ビアホール（入って左）と小ホール（右）を併設している。イディッシュ劇の上演はこの小ホールの一角に緞帳を斜めに渡して行われた。

　マイゼル小路（マイスロヴァ）一八番地の**ユダヤ評議会**⑱（ジドフスカー・ラドニツェ）の大広間で、カフカは二度聴衆を前にして講演している。

　一度はユダヤ系福祉団体のために、〈入場無料、一杯の紅茶とクッキー付き〉で、クライストの『ミヒャエル・コールハース』から一番好きな一節を朗読した（一九一三年）。《最前列に座ったごく幼い男の子たち》が《無邪気にも退屈し》切っていたという。

　これに先立つ一九一二年二月十八日には同評議会で、友人イッ

新ドイツ劇場，1900 年頃

ツィーゲン広場のカフェ・サヴォイ

An jeden Sonn- und Feiertag auch Nachmittags-vorstellung um ½4 Uhr.

Herrmanns Café-Restaurant „Savoy",

Prag, Ziegenplatz. Regie S. Klug.

Original-jüdische Gesellschaft aus Lemberg.

Heute literarisch-dramatischer Abend.

Zum Schluß: 15864

Der wilde Mensch

von Gordon. Titelrolle: M. J. Löwy.

Anfang gegen 9 Uhr. 15803 Anfang gegen 9 Uhr.

レーヴィ主演『野生の人』の公演案内

ホク・レーヴィの朗読会に先だって講演を行った（現存するテキスト「イディッシュ劇についての講演」）。《レーヴィへの喜びと信頼に満ちていた、講演中はこの世のものでないような誇らしい意識……力強い声、自在な記憶力》と彼は日記に記した。この講演についてはプラハ週刊新聞も〈ドクトル・カフカ氏が行った素晴らしくまた好ましいレクチャー〉と評している。

ユダヤ評議会の大広間は二階右側（の縦長の窓四面分）のフロアである。

一九一二年十二月四日、カフカは創設間もない〈理念への関心を喚起するためのヨハン・ゴットフリート・ヘルダー協会〉に招かれて、ヴェンツェル広場（ヴァーツラフスケー・ナームニェスティー）三七番地（現二九番地）の**シュテファン大公ホテル**⑳（現在のホテル・エヴロパ）において、三カ月前に書き上げられたばかりの物語『判決』を朗読した。観客はかなり少なかった。そもそもこれは《単なる私的な企画》に過ぎなかったのだ。しかし当時の新進気鋭の批評家パウル・ヴィーグラーはただちにこれを取り上げ、〈情熱的かつ厳正なる偉大な才能の発露〉と絶賛した。

このホテルは今はホテル・エヴロパとなっているが、きわめて美しく保存されたユーゲント様式の建築であり、一見に値する。併設のカフェはフロアが二つの階に分かれていて、上階の鉄製の格子扉で仕切られたところが、カフカが朗読した鏡の間である。

前述の**ルドルフィーヌム**（ヤン・パラック広場、一〇六ページ）で行われた現代美術展やコンサート（まれ）、講演会にカフカは出かけていった。たとえばアレクサンダー・モイシ（アルバニア生まれの舞台俳優）の公演について彼は次のように書いている。《反自然的な外観。うわべは悠然とした様子で座っているが、もしかすると両膝の間で拳を握りしめているのかも知れない。目を自分の前の開いた本に向け、声を僕たちの頭上に降り注ぎ、その呼吸はまるで走っている人のようだった》。

ヨーゼフ広場（ナームニェスティー・レプブリキィ）五番地の**代議員館**（オベツニー・ドゥーム）は、一九一〇年に完成したプラハ分離派建築の好例であるが、そこでカフカは一九一二年六月一日に社会民主主義のあるチェコ人政治家の講演を聴き、長編『失踪者』への霊感を受けることになる。それはフランティシェク・ソウクプが労働組合に招かれてアメリカに講演旅行したときの報告であった。

シュテファン大公ホテルのバー，1905 年

ルドルフィーヌム。
左奥はベルヴェデーレ宮殿のハーナウ・パヴィリオン，1910 年頃

ユダヤ公会堂，左は旧新《アルトノイ》シナゴーグ，1905 年

書店、図書館

カフカが新刊情報を定期的に得ていた書店は三軒あった。アム・グラーベン（ナ・プルシーコピェ）三九番地の**アンドレー書店**（一一四ページ）、同二〇番地の**ノイゲバウアー書店**、そしてもっとも贔屓にしていたのが小広場（マレー・ナームニェスティー）一二番地の金の百合館に入っていた**カルヴェ宮廷御用書店**である。この建物はファサードの紋章ともども美しく修復されている。

カフカの蔵書はその給料と同様にさほど多くはなかった。したがって彼はよく図書館から本を借りた。彼が利用したのは、フス小路（フソヴァ）四番地の建物に入っていた**カシネッリ貸出図書館**と、近所のマリーエン広場（マーリアンスケー・ナームニェスティー）入口にあったクレメンティーヌム内の**大学図書館**だった。カフカがよく座った**工芸美術館**（一〇六ページ）の一般閲覧ホールについてはすでに述べた。**カフェ・コンチネンタル**（一二五ページ）に備え付けの〈二百五十紙の新聞〉も彼にとって魅力だった。

工芸美術館の閲覧ホール

小広場と宮廷御用達のカルヴェ書店（右）

映画館、カバレット

プラハでは最初期の〈活動写真〉はホテルやカフェ、デパートなどの仮設会場で上映された。一九〇七年十月、カフェ・**オリエント**の裏庭に初めて同名の常設映画館が開館し、カフカも数カ月後にはさっそく訪れている。そのとき上映されたのは『のどの渇いた憲兵』と『色好みの近衛兵』だった。このカフェと映画館はヒベルナー小路（ヒベルンスカー）二〇番地にあったが、一九九三年に（悲しいことに私の目の前で）取り壊されてしまった。

一九〇八年からは映画館の新設ラッシュとなった。当初はウ・ヴェイヴォドゥ（エギディ小路／イルスカー二番地）のビオ（映画館の当時の呼称）のように、飲食店のホールを利用するところもあった。

その後まもなく**グラン・テアトル・ビオ〈エリート〉**のような立派な映画館も建てられるようになった。この映画館はポジィチ五番地の今も現存する建物（八七ページ）に入っていて、カフカのオフィスのすぐ隣だった。カフカはここで『白い奴隷女』、『やっとひとり！』、『ドックでの惨事』を観た。メロドラマ仕立ての短編映画に対して何の偏見ももたなかった彼は日記にこう書いてい

〈ビオ（映画館）・ウ・ヴェイヴォドゥ〉

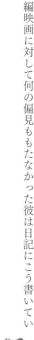

る。《映画館に行った。泣く。〈ロロッテ〉。善良な司祭。小さな自転車。両親の和解。法外な喜び》。

　一九一二年九月から**ドイツ国立劇場**（現在のティル劇場。カロリーヌムの向かい）で〈学術映画上映会〉が行われるようになり、珍しい昆虫（『変身』執筆の二カ月前！）やセイロン島、ダンツィヒ市、テーオドール・ケルナーの生涯などを描くドキュメンタリー映画が公開され、カフカはこれにも熱狂した。

　しかしカフカとその友マックス・ブロートがもっとも好んだのは、一九一〇年に開場したレヴュー劇場**ルチェルナ**⑯（ヴァッサー小路／ヴォディチコヴァ四四番地）だった。その〈大きな建物はたちまち娯楽を好むプラハで最も人気のある酒場のひとつとなった〉。彼はそこで悲劇女優メラ・マルス、寄席芸人フリッツ・グリューンバウム、歌手のルーツィエ・ケーニヒらを観ている。彼は絵葉書の形式をとった愛の場面や、道化師が長椅子から舞台のそでへジャンプするシーンを書き留めている。あるいはまた《僕たちの後ろでひとりの男が退屈のあまり、椅子から転げ落ちた》とも。

　ルチェルナは保存状態もよく、今でも映画館を兼ねた娯楽施設として使われている。

カバレット・ルチェルナのホール内部

カフェ、郊外への徒歩旅行

カフカが学生時代に《多くの夜を過ごした》〈エルドラド〉や〈トロカデロ〉（ともにオープスト広場）といった美しい名前のワイン酒場は残念ながら現存しない。カフカがしばしばイッホク・レーヴィ（一一六ページ）と会ったカフェ・**シティ**（ニクラス通り／パジーシュスカー三〇番地）も、カフカとブロートが知り合って間もない頃によく入ったカフェ・**コルソ**（アム・グラーベン／ナ・プルシーコピェ三七番地の二階）も今はない。そこは〈分離派様式の建築。バレーやヴァリエテ・シャンタン（歌謡寄席）のきれいどころとプラハの大資本家の密会場所〉だった。当然若い連中が見物に押し掛け、《時にはこの愉しみのおこぼれに与る》こともあった。

当時たいへんエレガントなユーゲント様式のカフェであったルーヴルについては前述した（七九ページ）が、そこは（今もカフェとして）健在である。

カフェ・コンチネンタル（アム・グラーベン／ナ・プルシーコピェ一七番地）はコロヴラートパレスの二階に入っていたが、今この建物には銀行などの施設が入居している。このカフェはビリヤード室

カフェ・コルソの店内

カフェ・アルコの店内

とカードゲーム室をもつプラハ最大のカフェハウスで、ドイツ系ブルジョア階級の集合場所であった。カフカはときおりこのカフェを訪れた。それは新聞が多数取り揃えてあったからというだけでなく、カードゲームに興ずる人々を眺めるためでもあった。

この近くの豪壮なバロック様式の建物に入っていた**ドイツ館**(アム・グラーベン/ナ・プルシーコピェ二六番地、現在は二二番地)は一八七三年に〈ドイツカジノ社〉の手に渡り、民族主義的なプラハ・ドイツ精神の中心となった(一六ページ)。ここにはカフカはめったに顔を出さなかった。

一方彼は、一九〇七年に開店したカフェ**・アルコ**(ヒベルナー小路/ヒベルンスカー一六番地)には足繁く通った。ここはまもなくフランツ・ヴェルフェルを中心とする若手作家たち(パウル・コルンフェルト、エゴン・エルヴィン・キッシュ、オットー・ピックら)のたまり場となった。カフカはこうした《若い連中のなかで複雑な感情》を抱いたようではあるが。

このカフェは、ビリヤード室が少々改装されたものの、今もカヴァールナ・アルコという店名で営業している。

カフカが散歩の途中でよく立ち寄った有名なカフェハウスが、

クラインザイテ広場のラデツキー記念像。
左はカフェ・ラデツキー

クッヘルバートで競馬を楽しむ上流階級，1909 年

クラインザイテ広場の角（マロストランスケー・ナームニェスティー三〇番地）のカフェ・**ラデツキー**だった。店名は、一九一八年までプラハの〈オフィシャルな〉広場であったこの広場（一〇六ページ）に立ち、四方を睥睨していた巨大なラデツキー記念像にちなんでつけられた。

カフカが特に愛着を感じていたふたつの**スイミングスクール**、つまりゾフィー島のスイミングスクール（九六ページ）とチェフ橋の市民スイミングスクール（四八ページ）についてはすでに触れた。

カフカの徒歩旅行を追体験したいと考えるなら、『アマチュア騎手のための考察』を思い出しながら、**クッヘルバート**（フフレ）の〈プラハ競馬協会直営競馬場〉を訪れるとよいだろう。今もここでは競馬が行われている。

あるいはカフカも高く評価していた汽船に乗って、モルダウ河を上り下りするのも一興だろう。

カフカがもっとも好んで頻繁に足を運んだ目的地は、ベラウン河に面した**ドブリホヴィッツ**（ドブジーホヴィツェ）であった。

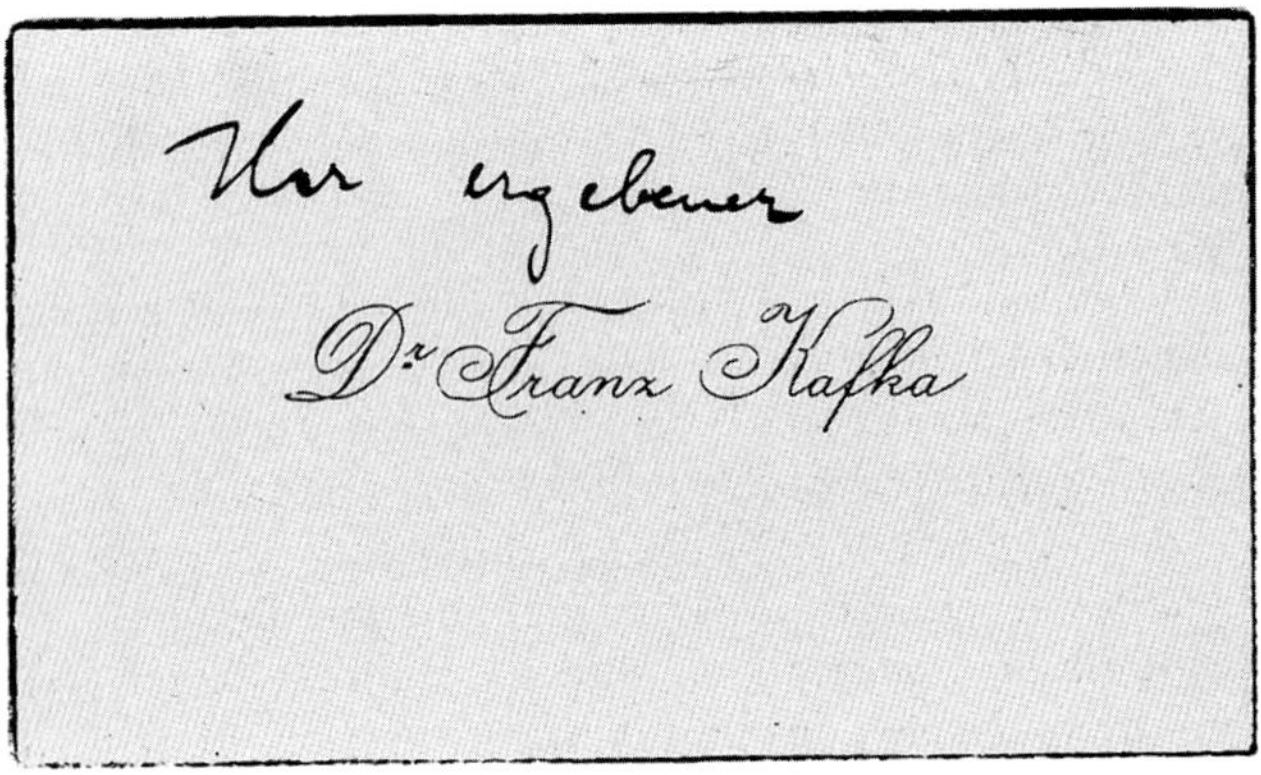
Ihr ergebener
Dr. Franz Kafka

訳者あとがき

本書は、チェコでビロード革命が起きた後の一九九三年に出版された Klaus Wagenbach: *Kafkas Prag, Ein Reiselesebuch*（Verlag Klaus Wagenbach, 1993）の全訳である。ヴァーゲンバッハ（一九三〇年―）は、若くしてカフカの伝記研究の第一人者として認められた人物で、その後ベルリンに出版社を興し、カフカをはじめ、さまざまな作家たちの作品を世に送り続けている。

戦後の廃墟と化したベルリンで少年時代を送った彼は、十九歳からズーアカンプ社、S・フィッシャー社で出版業を学び、その後フランクフルト大学およびミュンヘン大学でドイツ文学、芸術史、考古学を修めた。卒業論文として書かれたのが「フランツ・カフカ、青年期の伝記　一八八三―一九一二」（邦訳『若き日のカフカ』中野孝次・高辻知義共訳、ちくま学芸文庫）である。あたかも考古学的な手法をわずか数十年前のプラハに適用したかのような、周到な準備と綿密な実地調査に裏付けられたこの論文は、一九五七年

に出版されると、それまでのカフカ研究の空隙を埋める画期的研究として、高い評価を得たのであった。

その後彼は一九六〇年からフィッシャー社で編集に携わっていたが、一九六四年にフランクフルト書籍見本市で東独の出版者ギュンター・ホーフェの逮捕に抗議して同社を解雇されたのち、みずからクラウス・ヴァーゲンバッハ社を興した。その際にはインゲボルク・バッハマン、ギュンター・グラス、ハンス・ヴェルナー・リヒターら著名作家が原稿を寄せて、誕生したばかりの出版社とその若き社主を支援したという話が伝わっている。

ヴァーゲンバッハは、ベルリンの壁が崩壊する以前から東西両ドイツの優れた若手作家たちの作品を出版してきた。ヨハネス・ボブロウスキ、クリストフ・メッケル、ヴォルフ・ビアマン、エーリヒ・フリートといった詩人や作家たちの名前からも、彼の出版人としての見識の高さが窺えよう。カフカ関連では他に、『自己証言によるカフカ』（一九六四年）、カフカの作品に注釈と資料を添えた『流刑地にて』（一九七五／九五年）、写真集『写真で見る生涯』（一九八三／九四年）などの著作がある。

本書についてはフランクフルター・アルゲマイネ紙が、旅行特

集ページで次のように紹介している。「あまりにもすばらしい本なので批評家は困惑してしまう。どこから誉めたらよいか迷うからだ。収録されている古い写真こそもっとも美しいものだと言ってよいかも知れない。かつてこのような写真がこれほど該博な知識に裏打ちされて紹介されたことはなかった。またこれほど敬愛の念に満ちたコメントが添えられたこともなかった。（……）テキストと写真と地図、それぞれが寸分の狂いもなく組み合わされて一体となっている点、そして古都プラハを巡る旅がヴァーゲンバッハによって実に周到に演出されている点、それらが本書のもっとも優れた美質である。そしてそれによって本書は凡百の旅行ガイドブックをはるかに凌駕するものとなった」

本書の魅力をうまくとらえた文章である。しかし『若き日のカフカ』の緻密さ、綿密さ、そして著者の博覧強記に舌を巻いた読者からすると、本書でヴァーゲンバッハがいかにも楽しそうに対象を扱う態度には、違和感を感じることもあるかもしれない。あるいはそこに時の流れを思う向きもあるだろう。かつての若きドイツ人青年にとって、戦後間もない時期に、直前まで被占領国であったチェコスロヴァキア（現在はチェコとスロヴァキアに分裂）で調

査を進めるには、さまざまな障害や苦労があったと思われる。それを乗り越えて成し遂げられた若き日の力技に比べると、本所でのヴァーゲンバッハはかなり肩の力を抜いて書いたようにも見える。

しかし本書を読み、添えられた古い写真を眺めていると、若きヴァーゲンバッハの関心と執念を支えていたものが、カフカとカフカの生きた街、プラハへの愛着の深さであったということがはっきりと感得される。訳者自身、かつて『若き日のカフカ』に感銘を受けた者として、この愛らしい小冊子を訳す機会に恵まれたことを、望外の喜びとするものである。

なお、チェコ語の街路名などの表記について助言していただいた、チェコを愛してやまない梶原初映さん（ウェブ・サイト「チェコ人になりたい女の子のおはなし http://www.geocities.co.jp/HeartLand-Suzuran/9276/」を開設）、そして本書の魅力を当初から見てとって有形無形の励ましをして頂いた水声社の小川純子さんに、この場を借りてお礼申し上げます。

長年にわたって見守っていてくれた亡き父に本訳書を捧げます。

二〇〇三年　晩春　　須藤正美

本書は二〇〇三年刊の邦訳『カフカのプラハ』の改訳決定版である。原書が刊行された一九九三年から現在までに、カフカの伝記研究のもう一人の碩学ハルトムート・ビンダーの類書（例えば二〇〇〇年刊の Hartmut Binder: *Franz Kafka. Ein Leben in Prag*〔『フランツ・カフカ　プラハの生涯』〕、二〇一七年刊の *Prag - Literarische Spaziergänge durch die Goldene Stadt*〔『カフカ　黄金の都市をめぐる文学散歩』〕、共に未邦訳）やカフカとプラハを扱ったチェコ人の手になる書籍も複数刊行されているが、カフカが生きて活動していた当時のプラハに読者をいざなうという本書のユニークさと魅力はいささかも失われてはいない。

カフカ研究に半生を捧げ、「カフカの寡婦」とまで呼ばれた原著者クラウス・ヴァーゲンバッハ氏は、ベルリンで一九六四年に独立系の出版社を興し、カフカ以外にもギュンター・グラスやインゲボルク・バッハマン、旧東独の反体制派詩人・歌手のヴォルフ・ビーアマンらの文学作品をはじめ、国内外、特にイタリアの優れた作家たちの小説や評伝、美術書などを数多く刊行し、ドイツの出版文化に多大な貢献を果たしてきたが、惜しまれつつも二〇二一年十二月十七日、九十一歳の生涯を閉じた。

本書の日本での改訳決定版刊行を報告できていたなら、おそらく喜んで頂けたことだろう。

心よりご冥福をお祈りします。

二〇二二年八月　　訳者

著者／訳者について――

クラウス・ヴァーゲンバッハ（Klaus Wagenbach）　一九三〇年、ベルリンに生まれ、二〇二一年、同地に没した。複数の出版社に勤務した後、独立して出版社を興す。『若き日のカフカ』（一九五七）、『自己証言によるカフカ』（一九六四）、『流刑地にて』（一九七五／九五）、『写真で見る生涯』（一九八三／九四）などのカフカ関連の自著の他、優れた作家たちの作品を精力的に出版した。

＊

須藤正美（すとうまさみ）　一九五六年、栃木県に生まれる。東京都立大学大学院博士課程満期退学。ユダヤ系ドイツ語作家を中心に研究。現在は中央大学、明治大学、慶應義塾大学で非常勤講師を務める。訳書に、M・アマンスハウザー『病んだハイエナの胃のなかで』（水声社、二〇〇二）、H・オルトナー『ヒトラーの裁判官フライスラー』（白水社、二〇一七）、N・オーラー『ヒトラーとドラッグ――第三帝国における薬物依存』（白水社、二〇一八）などがある。

カフカのプラハ【改訳決定版】

二〇〇三年六月一〇日第一版第一刷印刷　二〇〇三年六月二〇日第一版第一刷発行
二〇二二年九月二〇日改訳決定版第一刷印刷　二〇二二年九月三〇日改訳決定版第一刷発行

著者――クラウス・ヴァーゲンバッハ
訳者――須藤正美
装幀者――滝澤和子
発行者――鈴木宏
発行所――株式会社水声社
東京都文京区小石川二―七―五　郵便番号一一二―〇〇〇二
電話〇三―三八一八―六〇四〇　FAX〇三―三八一八―二四三七
［編集部］横浜市港北区新吉田東一―七七―一七　郵便番号二二三―〇〇五八
電話〇四五―七一七―五三五六　FAX〇四五―七一七―五三五七
郵便振替〇〇一八〇―四―六五四一〇〇
URL : http://www.suiseisha.net

印刷・製本――精興社

ISBN978-4-8010-0669-0

VLTAVA
Most svat. Čecha
nábřeží
Na Františku
Kl. Milosrd. br.
Sv. Anežky
Janské nám.
U milosrdných
Anežská ul.
Řásnovka
Hradební ul.
Eliščina
Sv. Kliment
Klimentská ul.
Soukenická ul.
Mikulášská
Bílkova ul.
S. Haštal
Haštalská
Vězeňská
Kozí nám.
Krásnohorská
Kolkovně
Benediktská
Truhlářská
Gymn.
Kas. Josef
Sv. Josef
Týnská ul.
Kostečná
Sv. Salvator
Jach.
Jakubská
Sv. Jakub
Templová
Králodvorská
Josefské nám.
Paříž
Staroměstské nám.
Lindhartské nám.
Malé nám.
Mar. nám.
Celetná
Stupartská
Prašná brána
Hyberská
Železná
Ovocný trh
Senovážná
Melantrichova ul.
Kožná ul.
Na Příkopě
Nekázanka
Havlíčkovo nám.
Havířská
Panská ul.
Gym.
Sv. Jindřich
Růžová
U půjčovny
Jerusalémská
Betlems. nám.
Uhelný trh
V Kotcích
Rytířská ul.
Tržnice
Havelská ul.
Můstek
Perlová ul.
Ovocná ul.
Skořepka
Na Perštýně
Martinská ul.
Bartolomějská ul.
Policejní řed.
Jungmannova
Václavské
Jindřišská
Bredovská
Olivova
Hlavní pošta a ředitel. pošt.
Klášt. Františkánů
Národní třída
Charvátova ul.
Spálená
Purkyn. ul.
Vladislavova
Jungmannova
Palackého ul.
Marianská
Realka
Voršilská
Mikulandská
V jámě
Václavské náměstí
Jircharich
Opatovická
Černá ul.
Vodičkova
Školská
Školy
Gymn.
Ve Smečkách
Krakovská ul.
Zemské museum
Lazarská ul.
Hopfenštok
Rezni
Řeznická
Trest. soud
Žitná
Na Zbořenci
Na Zderaze
Karlovo nám.
Čes. technika
Malé Štěpánská
Štěpánská
Na Rybníčku
V Tůních
Hálkova ul.
Mezibranská
Komenského nám.
Ressl ova ul.
Ječná
Jenštein
Mikovcova
Sokolská
V
I
II
1
2
3
4
5
6
7
8
9
10
11
12
13
14
16
17
18
19
20
21
22
23